学林漫笔
——我的教育科研之路

陈海燕 著

山东大学出版社

图书在版编目(CIP)数据

学林漫笔:我的教育科研之路/陈海燕著.
—济南:山东大学出版社,2015.4

ISBN 978-7-5607-5212-9
Ⅰ.①学… Ⅱ.①陈… Ⅲ.①散文集—中国—当代 Ⅳ.①I267

中国版本图书馆 CIP 数据核字(2015)第 012867 号

责任策划:张晓林
责任编辑:秦大忠
封面设计:牛 钧

出版发行:山东大学出版社
社 址 山东省济南市山大南路 20 号
邮 编 250100
电 话 市场部(0531)88364466
经 销:山东省新华书店
印 刷:泰安金彩印务有限公司印刷
规 格:720 毫米×1000 毫米 1/16
13.25 印张 177 千字
版 次:2015 年 4 月第 1 版
印 次:2015 年 4 月第 1 次印刷
定 价:30.00 元

前 言

悠悠岁月，光阴似箭，转眼走过了教育教学三十个春秋。三十年，人类历史长河中的一个瞬间；三十年，见证了我由青春转入中年、由中年迈向老年的成长历程；三十年，载录了我的教育科研生涯和作为一位教师的艰辛与欢乐。不经意间，三十年教育教学生活悄悄从身边滑过，但教育科研的记忆依然是那么清晰，这是一段激情绽放而又感动常在的时光。因激情绽放，我有了更多的机遇，更多的选择，更多的感动；因感动常在，心才随着教育科研、学校改革而跳跃。虽然有过迷茫，有过踌躇，但我仍然不断求索，毅然前行，寻觅孕育灵性与诗意的绿洲。

回首往事，可以说虽然每天我们都在书写自己的人生，但往往并没有竭尽全力；我们也会吃惊地发现，我们将不得不住在我们自己草草建造的房子里。如果我们可以重来，情形就会大不相同，但我们无法回头。实际上，人有生理和精神两种长相。生理长相是基因的结果，由父母负责；精神长相是修炼的产物，由自己主宰。教师的精神长相尤为重要，它耳濡目染地影响学生的长相，潜移默化地决定民族的未来。我一直固执地认为，开阔眼界是教师修炼精神长相的必修课。法国启蒙思想家卢梭在其《爱弥尔》一书中强调，“教育的艺术是让学生喜欢你所教的东西。整个教学过程不仅是学生与教师思想的互动和交流，形成共同的认知，更是一种情感的互动”[①]。卢梭的观点对我的从教生涯影响至深，使我一直努力地实践着、体验着那种“教

① 转引自汪宏伟：《论〈爱弥尔〉的公民教育思想》，《长春教育学院学报》2012年第11期。

育教学的情感互动”。这不仅体现在学生的言行感悟之中，而且还牢牢地印在了我的记忆里。也正是这种“教育教学的情感互动”激发了我的写作兴致。

一是教师教育学院小学教育专业的学生选修了我讲授的《当代世界经济与政治》课程后提交的学习体会使我很感动。感动的不是他们对我教学的溢美之词，而是他们对政治理论课的认识以及对所学知识的感悟。他们这样写道：“过去学政治一直是雾里看花，水中望月，总看不到它的真面目，感觉政治与普通人没有关系。一些政治课往往不是‘条条框框’就是‘纲纲目目’，即使涉及‘热点’问题，最终也会让人感觉很‘冷’。欣慰的是陈老师的讲授改变了我们对政治的看法。通过学习，我们开阔了眼界，领悟到了‘大世界、小问题、广联系、狭利益’的内涵，懂得了‘风声雨声读书声，声声入耳；家事国事天下事，事事关心’的深刻道理。没有国，哪来家？关心国家大事，把自己当成真正的国家主人，积极参加社会活动是我们新一代青年人必须要做到的。虽然陈老师的课是每周五下午的第七、八节，但我们每次都非常期待，从心底喜欢上了这门课程，听课变成了享受。这门课的内容涵盖古今中外，涉及国际间的政治、经济、文化、科技和军事。这门课给我们提供了很好的世界观指导，使我们懂得用历史唯物主义的眼光去看待当今世界，全面了解各种经济活动与政治发展的联系，把握各种现象的来龙去脉。从苏联气势恢宏的卫国战争到美国霸气十足的星球大战，从北约东扩的咄咄逼人到俄罗斯强力回击的大国气势，从美国航母纵横四海到俄国军队的强壮肌肉，我们陶醉于大国之间的博弈，感叹于‘没有真正的朋友和敌人，只有永恒的利益’的国际关系实质，折服于当代世界精英翘楚的才能与魅力。从而，我们也就更加感谢这个伟大的时代和我们国家的国泰民安，为实现‘中国梦’而共同努力。特别是陈老师的激情、学识、才情、气质、耐心与和蔼深深地感染了我们，让我们感觉到政治课不仅可以政治化、知识化，而且还可以现实化、人性化、生活化、趣味化。在陈老师的谈笑风生中，我收获了见闻、见识、见地，开阔了视野，丰富了知识储备，获得了精神上的愉悦和满足。每一堂课下来仿佛总有一个声音在耳旁说:'孩子,越努力,越幸运!'加上老师略带一点方言的口音,以及恰到好处的推理与演绎,把世界大事与我们之间的距离拉近了不少,由此同学们亲切地称她为'倪萍姐姐'。最突出的是老师的独到见解和理性分析,她既尊重教材又超越教材、从不照本宣科的讲授方式,特别是那种透过现象看本质的分析方法,使我们能够对风云变幻的世界和错综复杂的国际局势有一个清醒认识,掌握国际交往的艺术,充分认识到在国际舞台上实现'双赢'和'多赢'的意义。"(摘编自王雪娇、赵世君、侯茜、赵敏、张华夏、李光等同学的期末考查总结)

类似这样的学习体会我收到过很多。它们既是学生的心声,也反映了学生对政治知识的渴望和对教学艺术的追求,同时也鞭策着我不断向前,努力把政治课讲得入心、入脑、入行动,做到真学、真信、真干,以充分发挥思想政治理论课作为帮助学生树立正确的人生观、价值观和世界观的主渠道的作用,以事实去改变人们对高校思想政治理论课"厌讲、厌听、厌学"的偏见。

二是2009年的教师节,政治与社会发展系学生会给每位教师制作了一张贺卡。给我的贺卡是这样写的:"陈院长:或许相对于'陈主任'这个新的称呼,我们更习惯称呼您为'陈院长'和'陈老师'。早在政法时代(指政治与社会发展系的前身——政法分院时期,我曾担任分院院长——作者注),您已是学生心目中的英雄般的人物:管理者的果断、治学者的严谨、传道者的负责、年长者的慈爱,集于一身。严与慈,苛与容,理与情,各种看起来极易相悖的特质在您身上融合,成为诠释您人格魅力的完美组合。值此教师节来临之际,谨以此卡代表全体政治与社会发展系学生会成员向您致以最崇高的敬意和最诚挚的祝福,祝您身体健康,万事如意!"这张贺卡我至今保存着。对我来说,这张贺卡的意义已远远超出教师节的祝福,它蕴含着深厚的师生感情。一是我多年来教育学生要善于创新、勤于动手、厉行节约、开拓进取,言传身教变成了学生的实际行动,他们用亲自动手制作的贺卡代替了购买的精致卡片,我很欣慰;二是学生们的评价有些拔高，我远远没有学生说的那样好，需要继续提高，这张贺卡就成为鞭策我不断努力的警示牌；三是收到贺卡的当天，我参加了“山东省庆祝2009年教师节暨表彰大会”，被评为山东省“优秀教师”和“师德标兵”，由此也就使得这张贺卡具有了特别的纪念意义。

三是2010届毕业生毕业典礼上，学生代表在发言中特别提到陈老师的辛勤付出，说陈老师为了他们的成长成才日夜操劳，看到陈老师两鬓斑白时，他们很心疼，等等。学生的话使我非常感动，许多老师也很感动，说学生们很热爱我，对我特别关注。实际上，关注是双向的，我关注学生，学生自然就关注我。记得这届学生刚入学不久的一个周末，我到学校加班，遇到学生组织集体出去旅游，当时没有老师陪同，我感觉很不妥，就问他们出去旅游班主任、辅导员是否知道，他们说是自发组织，没有跟老师说。当时我就批评他们这样不对，没有老师陪同万一发生意外怎么办？在我批评的过程中，突然有个学生说：“老师您别生气了，您的头发都白了，我们很愧疚，以后我们在学习和工作中一定注意方法，多与班主任、辅导员沟通，请您放心！”一句话使我的批评戛然而止，反而为眼前这帮天真善良、朝气蓬勃的大学生所感染。回到办公室，心情久久不能平静，心想一定要为他们的健康成长创造条件，搭建各种发展平台，努力把他们培养成为新时代的栋梁之材。转眼四年过去了，四年中我给他们讲过四门课，组织过多次学生座谈会、讨论会以及社会实践活动，鼓励、指导他们考研、就业，真正和学生打成了一片，他们学有所成，就要远走高飞了，还真有些不舍。但为了他们的明天更美好，需要勇敢地把他们送出校门，让他们去开拓新的天地。

四是多次参加毕业生返校聚会，感慨颇多。学生们从祖国各地汇聚母校，欢声笑语中叙说着自己的工作和生活，有的已成为著名大学的博士生导师，有的担任中小学校长，有的在党政机关担任领导职务，有的还创办了公司。他们在各行各业都取得了骄人的成绩，真正实现了当年毕业离校时的诺言：“母校以学生为荣！”尽管学生们总是回忆着当年老师们的精彩课堂和各种不同的教学艺术，但实事求是地说，他们很多方面已超过了老师的水平，真的是“青出于蓝而胜于蓝”啊！

近年来，不少毕业班学生陆续聚会，学生们在回顾大学时代美好时光的同时，对过去那种封闭式教育也表示了痛恨和惋惜。当年的成人学生考研究生总是受到各种各样的限制，所谓的理由是为了维持基础教育教师队伍的稳定等。实际上，无论是为了教育事业的发展，还是为了保障教师队伍的稳定，“堵路”的方式无疑都是错误的。这不仅背离改革开放的时代精神，而且也不符合人才的发展规律。可惜的是，当年的“条条框框”限制了很多有识之士的发展，致使一些学生留下了些许遗憾。可喜的是，当今时代已发生了巨大变化，人才观念、竞争意识已被社会广泛接受，“一切为了学生”是学校的办学宗旨，“大师、大楼、大气，一个都不能少”①的办学理念得以确立，相信未来必定是人才辈出，一代更比一代强。

往事翩翩，历历在目。正是这种“情感互动”的点点滴滴感动着我，激起了我写作的冲动，特别是面对当下那些被称为“工蜂”②的青年教师的苦与累、困惑与彷徨，刺激了我整理、多年来教学科研札记的欲望。一方面，我想透过部分涉及教育教学、科学研究、行政管理的相关日记、会议发言和思想感悟的整理，对自己的从教生涯作一肤浅总结，以期探寻向深处行走的路径；另一方面，也试图通过自身从教生涯的艰辛与欢乐、跎蹉与收获，来激励青年教师健康成长，与同事共勉。其中的不足或谬误，恳请同行包涵与指正。

陈海燕

2014 年 8 月于泉城

---

① 任燕骊：《一切为了学生，全面优化人才培养环境》，2006 年 11 月 29 日《光明日报》。

② 提出“工蜂”概念的是曾提出“蚁族”概念的青年学者、中国对外经济贸易大学廉思副教授，他把高校 40 岁以下的青年教师群体称为“工蜂”族，并称“工蜂”在蜂群中占绝大多数，承担了整个蜂群的全部劳动。

目　录

育人篇

师德篇

管理篇

科研篇

育人篇

初当教师的羞涩*

检点过往，我一直行走在梦想与现实的交界；蓦然回首，我一直在致力让梦想与现实同步。当一名教师，是我童年的梦想；做一个教育家，是我今生的夙愿。虽然至今也称不上“家”，但对教师职业的酷爱依然非常执着。这种酷爱包含在教书育人、学术研究、服务社会的过程中，也体现在对取得职业地位、职业声望、学术成就的追求中。视教书育人为职业，不仅仅是为了养家糊口，更是把培养高素质、创新型人才而“桃李满天下”、科研出成果而有益于国家科技进步，作为教师收获幸福与快乐的源泉。

我从小梦想成为一名教师，以蜡烛的精神、春蚕的行为、人梯的态度、黄牛的品格，去燃烧、去吐丝、去架桥、去耕耘，终身粉笔染白发，一心报国育桃李。虽然当年高考报考的不是师范院校（当时的愿望是只要上大学就行，并没有把上学与以后的工作联系起来考虑），但当教师的愿望一直没有改变，大学毕业时首先选择了师范院校，我美丽羞涩的教师梦，就此拉开了序幕。

记得当年我们一起分配来学校的教师中，我第一个登上讲台上课。虽然很多同行羡慕我能够早早登上讲台，可以做一个名副其实的教师，但我自己内心还是非常忐忑。因为那时我们面对的不是全日制普通本科院校的学生，而是一些已经工作了多年、通过成人高考进入大学的成人学生。他们不仅有着长期的工作经验，而且很多还是中小学骨干教师，基础知识扎实，教学经验丰富，对大学老师的授

---

* 1995 年 9 月 7 日学校教师节座谈会上的发言，题目和内容有所修改。

课水平要求相对较高。当时我讲授的第一门课是《中共党史》，听课的学员有120多人。虽然自己热爱党史课程，课前也作了充分的准备，但登上讲台的那一刻还是冒汗了，心慌了，脸红了。台下那一张张沧桑的脸，特别是他们充满审视和疑惑的眼神，使我紧张不堪，直到现在还有很多老学生谈起当年我上课时不敢与学生直视的窘态。在他们看来，我当时不过是个黄毛丫头，站在他们那些有着丰富工作阅历的人面前讲党史、谈政治，他们感觉很不可思议。但一学期下来，他们感觉老师讲得还不错，并且喜欢与老师讨论问题，甚至有的同学还暗下决心在学识上与老师比高低（将来要继续考学深造，直至成为著名大学的硕导、博导）。教育家钱理群先生曾说过：教师的全部意义和价值就在于使自己成为学生记忆中神圣瞬间的那样一个价值。我感觉到了。

就在这样的氛围里，我开始了教书育人生涯，并先后讲授了《中共党史》《国际共产主义运动史》《当代国际关系史》《科学社会主义原理》《政治学原理》《行政管理学》《当代世界经济与政治》《社会主义理论与实践》《思想道德修养与法律基础》等课程。可以说，在很多人看来，这些课程属于枯燥的政治理论课，并且有些学生一看课程名称都会逆反，其不耐烦的表情往往会真实地写在脸上，有时老师还没有开讲，就要面对一些质疑的面孔。如果没有一定的教学技巧，仅靠知识的传授，很难站好这个讲台，更谈不上实现教书育人的目标。正因如此，才有了初当教师的羞涩，也正因有了羞涩的经历，我才更加努力地去探寻课程内容与学生认知能力的结合点。在努力钻研课程内容的同时，更关注对学生知识结构的把握和心理素质的培养，尽量把所讲知识与学生的接受能力和认知能力结合起来，以实现知识目标、情感目标与价值目标的有机统一。无论讲授何种课程，始终坚持的是理论联系实际、历史结合现实、政论史出、史论结合、纵横比较、中外联系。不断强化以学生为本的教育理念，注重引导学生课堂参与以达到师生共鸣之效果，努力营造轻松活跃的课堂氛围，讲出政治理论课内涵的哲理与理论价值，而不是简单地照本宣科式的知识灌输，贯穿课堂始终的是一种正气的弘扬和正能量的传递。

初当教师的羞涩，不仅体现在新课的开讲，而且还体现在初当班主任的工作中。第一次担任班主任是接替一位到外地进修老师负责的班级。面对一群比自己年龄大、工作经验多、社会关系复杂的学生，心中一时也很茫然，甚至犹豫是否要接替这个班主任。但再仔细一想，这是工作任务，自己不能挑挑拣拣，必须服从工作安排，并且只能做好，不能有任何闪失。当时领导找我谈话，给予了很多鼓励和支持，学生们也给予了积极配合。就这样，肩负着领导的信任和学生们的期待，我走上了班主任工作的舞台，开始了从教后的另一场考验。按照惯例，新学年开学，学生班委要进行改选。但还没等这项工作布置，就有学生先后来找班主任老师交流。有的是来探听信息，有的是来反映情况。这一方面说明学生们很关心班委的调整，另一方面也表明班委对班级工作非常重要。正如毛泽东所说："火车跑得快，全靠车头带。"班级干部对一个班集体的发展至关重要。对此，我进行了大量调研，深入学生了解他们的思想和心理状况后得知，很多学生愿意当学生干部，而很多原来的班委成员也很想继续留任。从积极方面看，这是一种好现象，说明同学们关心集体，乐意为大家服务；但另一方面，也说明中国传统的官本位思想影响太大，学生们对班干部的职位看得比较重。到底该怎么做呢？我从总体考虑，在班会上一方面强调学生学习的重要性，另一方面突出宣传学生干部的服务职能，因势利导，公开选举，最终选出的班委是皆大欢喜（想留任的留任了，想干的也选上了），实现了各选其能，各如其愿，各尽其职。学生工作无大小，班级管理无小事，只有从学生中来，到学生中去，工作才能做好。这届班主任工作虽然开始有点怵头，但干起来还比较顺利。因为这些学生年龄大，自制力强，班委成员水平也高，他们在工作上富有积极性、主动性和创造性，各方面工作都很出色，毕业时还被评为省级优秀团支部。我很感激他们，在我刚入行之际，是他们的能力和智慧引领了我的发展。

之后我又做过三届班主任工作，每个班级学生的情况都有所不同，有的班级甚至选不出班委，很多同学不愿意当学生干部，不热心集体事务，多忙于自己的学习、考研、考证，为以后的就业打算。对此，老师还需要从全面成长成才的角度引导学生多参与公共事务，强调“德、智、体、美、劳”全面发展，并利用先进人物的事迹引领学生，同时注重言传身教，相信学生的能力和智慧，相信他们本心向善。记得有一次学校组织学生献血，有个班没人报名，团总支干事很是无奈，请我在那个班里做一下工作。当时正好我刚献过血，在班里我没有多说什么，只是挽起袖子让大家看看抽血的针眼，再用自己倍儿棒的身体说明献血并不影响健康，学生们相视一笑，纷纷报名去了。

就这样，一路下来，刚登上讲台的羞涩和紧张慢慢趋向从容和沉稳，课堂上注重师生互动，课下注重师生交流，在教育教学中实现着自己的梦想，享受着做教师的幸福和快乐。因为，教育教学过程既是学生发现自我的过程，也是教师发现自我的过程。这是一项双向激发的生命运动。在这一过程中，学生内心深处最美好的东西被教师激发出来；教师自己心灵中最美好的东西也同时被激发出来。教与学的双方都达到了一种真实的精神的提升。感慨时光流转中，我在变化，在成长。而这一切，还需要感谢学生们。是他们的求知、求智、求真的欲望，特别是他们对政治理论课由盲目的逆反逐步转向疑惑、接受、喜欢的心理变化，更激发了我的探究，促进了我的成长。是他们让我明白了怎样才是一个真正的好老师并为成为一个好老师而不断努力。

十年磨一剑*

借唐代诗人贾岛《剑客》中的“十年磨成一剑”来比喻自己从教生涯的磨砺，似有吹嘘和拔高之嫌，在这里仅仅是以此来形容自己从事教师职业的壮志豪情和卧薪尝胆之经历，并非真有一剑之锋芒。

记得刚到教师岗位不久，学校组织了一次课堂教学大奖赛，我名落孙山。一时间自尊心、自信心严重受挫，但失落、彷徨过后是认真的反思、请教和磨炼，从心底涌起的是一种不服输的万丈豪情。通过调研得知，教学比赛的评价标准既包括教学内容的正确性与科学性，也包括教学内容呈现方式的先进性和多样性等。对照评价标准查找自己的不足，深感自己的板书不够规范，语速语调不够优美。由于自己没有经过师范教育的训练，上大学时听老师讲课只重视其讲授内容的深刻性与启迪，对其板书设计和内容呈现方式并没有太在意。或者说，那时同学们崇拜老师多是因为其知识的渊博和授课内容的丰富多彩。有些老师甚至一节课讲下来在黑板上一个字也没有写，但照样讲得风趣、幽默、深刻、精彩。有的老师讲课犹如和风细雨，滋润着我们的心田；有的老师讲课犹如电闪雷鸣，震撼着我们的灵魂。自己从教后也基本上模仿了他们的教学风格，但这种风格似乎不适合教学比赛。当时我就下定了决心，勤练基本功，一定要做一名好老师。

一是向强者学习，拜能者为师，努力充实自我，超越自我。一方面，细心学习，认真请教教学法老师，听专家讲课，从理论与实践的结

* 1998 年 9 月 8 日学校教师节座谈会发言，题目和内容有所改动。

合上去钻研教学方法和教学艺术；另一方面，苦练教学基本功。为了练习板书，专门在家做了小黑板，每天练写一小时，日积月累也就有了起色；为了练习讲课语速和音调，专门买了录音机，对着机器在家练习讲课，反复录制，反复视听，仔细琢磨，认真推敲，以达熟能生巧。应该说，工夫不负有心人，几年下来，练出了口才，练出了技巧，点燃了课堂，激活了思想。

二是涵养书香，从“教学”到“学教”，使“学”成为“教”的起点。教育教学实践表明，一个好教师，不仅要有好口才，而且还要有独到的见解和沁人肺腑的思想感染力。为了教好书，在不耽搁教学工作的同时，继续深造学习，攻读博士研究生，一边读书，一边思考，经历着值得回味的思想之旅。在一天天、一点点的阅读中，培养习惯，陶冶情操，修炼品德；在一年年、一篇篇的阅读中，积淀学养，提升素质，练就真功，升华境界。

三是教学相长，视工作为理想。教师虽然只是一个职业，但是与其他职业不同，其职业生涯是师生互相促进、共同成长的一个过程。无论是在教学过程中，还是在育人实践中，不仅教师影响学生的成长，学生也对教师的精神状态、精神发展产生影响。可以说，教师的教学活动从根本上是为了学生，教师的价值在于被学生肯定，而不是单纯通过一次或几次的教学比赛成绩来实现。只要学生能感受到这个教师的人格魅力，能够学习到做人的道理，这个教师的价值就得到了实现。

就这样，凭着骨子里的那份坦诚与踏实，我怀揣忠诚教育、挚爱学生、恪尽职守、兢兢业业的强烈事业心和责任感，与时俱进，开拓创新，用思想政治理论的博大魅力去启迪智慧、涤荡情感、陶冶心灵。讲台上，师生平等对话，引领学生们尽情享受教育之美，既有师长的娓娓道来和慷慨激昂，也有学生们纯真而不失理性的慷慨陈词与思索问难；课堂下，师生亲密友善，沟通不断。十几年师生的和谐对话，十几载教学的情感熏陶，十几个春秋的摸爬滚打，我就像一个勤勤恳恳、脚踏实地的农夫，洒下了汗水，也塑造了自我，形成了自己的教学个性——严谨务实，灵动有序，激情澎湃，收放自如。我以真诚与执着赢得了学生们的称赞，还相继被评为“我最喜爱的老师”和“教书育人”先进个人，乃至被评为山东省优秀教师和师德标兵，荣升为二级教授。而当年有些获教学奖的老师反而相继离开了教师岗位……

我快乐着，教书着我的教书，幸福着我的幸福！

教学相长，终身学习*

“教学相长，终身学习”，既是对“中学化学、中学历史”骨干教师国家级培训班开学典礼的寄语，也是自己从教以来的深刻感悟。2001年10月28日，“中学化学、中学历史”骨干教师国家级培训在我校举行隆重开班典礼，我有幸作为任课教师代表在开幕式上发言，在向出席开幕式的各位领导表示衷心感谢、向来自全国15个省区的78位学员表示热烈欢迎的同时，着重谈了对“教学相长，终身学习”的认识和体会。

中学骨干教师国家级培训是落实国务院批转教育部《面向21世纪教育振兴行动计划》的一项重要内容，是建设面向21世纪中学教师队伍的一项重大举措，必将对我国基础教育、素质教育乃至对我国社会主义现代化建设产生重大影响。能为此尽微薄之力，我们感到无比光荣；同时，我们也深感任务的艰巨。因为这次培训，对我们传统的教学方法和内容都将是严峻的挑战。我们将借此机会加速我院的教学改革，遵循辅导与研讨相结合、理论与实践相结合、共性与个性相结合等原则，努力把各门课备好、教好，争取圆满完成各项培训任务。

世纪之交，我国教育正在发生深刻的革命，在这场革故鼎新的交响乐中，终身教育、自主学习将成为主旋律。早在1965年，法国教育家保罗·朗格朗在巴黎召开的联合国教科文组织成人教育会议上首次提出“终身教育”一词。1972年，联合国教科文组织发表了《学会

---

* 原文是2001年10月28日在“中学化学、中学历史”骨干教师国家级培训班开学典礼上的发言，题目和内容有所改动。

生存——教育世界的今天和明天》，建议将终身教育作为各国今后若干年内制定教育政策的主导思想。与此同时，联合国教科文组织正式提出了创建“学习型社会”的目标。1996 年，联合国教科文组织发表了《教育：财富蕴藏其中》的报告，提出要“把终身教育放在社会的中心位置上”，强调终身教育是“进入 21 世纪的钥匙”。联合国教科文组织的一系列活动使终身教育成为影响深远的一种重要的国际性教育思潮和教育理论。知识本身随着社会的进步在不断地丰富和发展，尤其是在进入新世纪后，呈现出知识爆炸的局面，出现了很多新知识，涌现出很多交叉性的学科，社会对人才的需要呈现出多样化的趋势。为此，各国普遍采取了适应终身教育、终身学习的制度措施。2001 年 5 月 15 日，国家主席江泽民在亚太经合组织人力资源能力建设高峰会议上的讲话指出，要“构筑终身教育体系，创建学习型社会”。党的十六大报告进一步强调“形成全民学习、终身学习的学习型社会，促进人的全面发展”，并把“创建学习型社会”作为全面建设小康社会的四大奋斗目标之一，作为人的全面发展的标志之一。在这里，终身教育与终身学习本质上是一致的，是一个概念的两个方面。终身教育是指一个人接受教育的总和，是政府构建的教育体系；终身学习是个人适应社会需要而不断进行的学习活动，是个人的自主学习行为。

总体上讲，终身教育是一种知识更新、知识创新的教育，终身教育的主导思想就是要求每个人必须有能力在自己的一生中利用各种机会，去更新、深化和进一步充实最初获得的知识，使自己适应快速发展的社会。每位教师都必须具备自我发展、自我完善的能力，不断地提高自我素质，不断地接受新的知识和新的技术，不断更新自己的教育观念、专业知识和能力结构，以使自己的教育观念、知识体系和教学方法等跟上时代的变化，提高对教育和学科最新发展的了解。而终身学习，则是指人的一生都要学习。从幼年、少年、青年、中年直至老年，学习将伴随人的整个生活历程并影响人一生的发展。我国伟大的思想家、教育家孔子就曾阐述了终身学习的思想，强调“君子有三思而不可不思也：少而不学，长无能也；老而不教，死无思也；有而不施，穷无与也”。他本人身体力行，经常“发愤忘食，乐以忘忧，不知老之将至”。唐代诗人杜甫也指出：“富贵必从勤苦得，男儿须读五车书。”明末清初思想家张潮曾说：“少年读书，如隙中窥月；中年读书，如庭中望月；老年读书，如台上玩月。皆以阅历之深浅，为所得之深浅耳。”俄国革命民主主义者、哲学家、文学评论家别林斯基曾强调：“我学习了一生，现在我还在学习，而将来，只要我还有精力，我还要学习下去。”郭沫若先生也说过：“读不在三更五鼓，功只怕一曝十寒。”晚年的毛泽东住在中南海的书房里，满屋都是书，既办公，又学习和生活，他除了批阅文件外，主要是看书学习。他在多次讲活中都提到要活到老学到老，无疑是一个勤奋学习的典范。

当然，终身学习的能力既是社会发展对人的要求，也是教育变革对教师职业角色提出的要求。也就是说，终身学习包含自我学习能力和习惯的养成，要把学习当成一种生活态度。是我要学，而不是要我学；是乐于学习，而不是苦于学习。这就要求作为教师的我们，既要找到激发学生学习兴趣的方法，又要养成乐于自我学习的习惯。法国著名教育家第惠多斯认为：“教学的艺术，不在于传授的本领，而在于激励、唤醒、鼓舞。”孔子曰：“知之者不如好之者，好之者不如乐之者。”学习的主体只有通过产生兴趣、主动吸收才会把知识内化成自己的东西。因此，学习者要在学习中始终保持一种好奇心和新鲜感，这样来诱发自己的主动性、积极性。通过这样的激励、唤醒、鼓舞可以有效地培养起自我学习的兴趣。教师应该是终身学习楷模。因为教师的职业是教学，有着“传道授业解惑”职责。而教师的专业知识在不同的时期则有不同的发展变化，这就必须确立终身学习的观念，以促进教学相长。应该说，在这方面，中小学教师做得比高校教师要好得多。因此，你们的到来无疑为我们提供了一个学习、借鉴的机会。我们将借此机会，努力使我们的教学科研登上一个新台阶。

尊敬的各位领导，亲爱的学员们，当今世界科技发展日新月异，知识经济已露端倪，国际竞争日趋激烈，人才培养任重道远，让我们携起手来，为人民教育事业的振兴、为祖国的繁荣富强而努力奋斗！

最后，预祝大家在这里生活愉快，身体健康，学业有成！

走近 WTO 看中国教育*

WTO(世界贸易组织)是当今世界唯一的世界性处理国家之间贸易规则的国际组织，有“经济联合国”之称，其基本工作内容包括货物贸易、服务贸易、知识产权以及争端解决机制四项，其间均制定了相应的基本原则、附加细节以及市场准入承诺等。加入 WTO 可使成员国在承担相应义务的同时也享有相应的权利。WTO 的法律规则是开放市场，提倡自由、公平、开放的贸易精神。

教育服务是 1994 年乌拉圭回合所缔结的《服务总协定》中的 12 项服务之一种，规定除政府彻底资助的教育活动外，凡带有商业性的教育服务，所有协定签署国都有权参加各种各级教育活动的商业竞争。由于该协定规定了通过谈判逐步实现贸易自由化的原则，中国在进行“入世”谈判中没有把教育列入市场开放减让表，即教育还不会在“入世”时立即开放。但这并不意味着教育今后不开放，更不意味着教育不会受 WTO 的冲击。相反，在经济体制大开放而教育体制维持原状不变的情况下，教育将面临更大的压力和挑战。为了对“入世”后的世界形势和我们教育行业有一个较清醒的认识，下面我们对 WTO 的构成及其功能以及中国入世后教育面临的挑战与对策等问题作一研讨。

---

* 该文系由 2002 年 10 月 16 日在全省中学校长骨干培训班上的报告整理稿。

一、WTO的功能及其影响

1. WTO的由来

WTO成立于1996年1月1日，其前身是关税和贸易总协定(GATT)，与世界银行、国际货币基金组织共同构成世界经济的“三驾马车”。

可以说，这三个组织都是由美国操纵成立的。20世纪初，由于生产过剩的危机，各国都采取高关税的贸易保护主义，严重阻碍了国际贸易的发展，并成为30年代重大经济危机爆发的重要原因之一。危机使各国意识到加强国际贸易协调与合作的必要性。到了1943年，第二次世界大战还没有结束的时候，急于要确立自己在大战以后全球经济贸易关系中的主导地位的美国，倡议成立一个旨在削减关税、促进国际贸易自由化的国际贸易组织。1944年7月，美国决定成立国际货币基金组织，1947年11月15日，该组织成为联合国一个专门机构，总部设在华盛顿。其宗旨是：促进国际货币合作，以便利于国际贸易的扩大和平衡发展，稳定国际汇兑，避免各国货币贬值竞争，消除妨碍世界贸易的外汇管制，以及通过贷款调整会员国国际收支的暂时失调。世界银行是与国际货币基金组织同时成立并相互配合展开工作的。其总部也设在华盛顿。其资金来源于成员国交纳的股金和在金融市场上的借款以及银行的净收入。

第二次世界大战结束后，刚刚成立的联合国召开了一个世界贸易和就业会议，并起草了《国际贸易组织宪章草案》。1946年3月，联合国经济社会理事会通过了这一草案，并成立了筹委会。1947年4月，在日内瓦进行了关税减让谈判，签订了123项关税减让的协议，10月又在哈瓦那制定了《国际贸易组织宪章》，但由于美国的国会认为该宪章与美国的法律有冲突，这个组织最终流产。但各国在关税减让谈判中取得的协定和哈瓦那宪章中的有关贸易政策合在一起，则形成了关税和贸易总协定。1948年1月1日，关贸总协定(GATT)开始实施，有23个国家和地区作为创始缔约国签署了这份文件。关税和贸易总协定的总部设在日内瓦，其宗旨是：充分利用世界资源，扩大商品生产和交换，以促进各成员国的经济发展，彼此减免关税，取消其他贸易壁垒并消除国际贸易中的歧视待遇。为此，关税和贸易总协定规定了下列基本原则：一是无差别或非歧视原则，它要求每一个缔约国给予任何一个国家关税减免或其他贸易上的优惠，其他缔约国都自动地无条件享有；二是互惠和对等的关税减让原则；三是关税为唯一保护手段的原则，即不允许采取非关税手段保护本国的产业。

这三个组织一成立就在不同程度上为美国所左右，并尽可能为维护美国的利益效力，并由此建立了以美元为中心的、史称“布雷顿森林体系”的国际货币体系。即美元与黄金挂钩，各成员国确认美国在1834年规定的每盎司黄金＝35美元的官价向美国兑换；各国货币与美元挂钩，按各国货币含金量确定。

毫无疑问，“布雷顿森林体系”极大地推动了美元霸主地位的确立。但从客观上来看，关税和贸易总协定的成立以及运作，对促进战后世界贸易和国际金融的发展以及各国经济的增长都起了积极的作用。在关贸总协定生效的40多年里，经过了七次多边贸易谈判，发达国家的关税已经从36％减到4.7％，发展中国家和地区的平均关税已经降到13％，成员国之间的贸易已占世界贸易的90％以上。据不完全统计，在七轮谈判中关税减让的商品达10万余种，世界贸易的总额增长了10倍以上。

2. WTO的功能

中国是关贸总协定的创始缔约国，但当时的政府是国民党的政府。1950年3月，台湾当局以中国的名义非法退出了关贸总协定。几十年来，占世界人口1/5的中国始终在“关外”徘徊。1986年7月，中国政府正式提出恢复关税和贸易总协定缔约国的申请，并为此作了不懈努力，但由于主要发达国家的阻挠，始终未能复关，其中最主要的阻力就是美国。1986年在乌拉圭举行的缔约国部长级会议，决定发动第八轮多边贸易谈判，即乌拉圭回合谈判，这是关贸总协定产生以来最复杂、最困难的一次全球多边贸易谈判。发达国家的矛盾主要是美国和欧共体之间的矛盾，主要体现在农产品补贴的分歧上面；发展中国家与发达国家的矛盾主要是保障条款和纺织品谈判。1994 年 4 月 5 日，谈判终于取得重大进展，并在摩洛哥签署了世界贸易组织的协定。1995 年 12 月 12 日，关贸总协定 128 个缔约国举行了最后一次会议，宣告其 48 年的历史使命终结。1996 年 1 月 1 日起，世界贸易组织（WTO）取代关税和贸易总协定（GATT），成为一个独立于联合国之外的全球性贸易组织。目前成员国 135 个，总部设在日内瓦。

与关税和贸易总协定（GATT）相比，世界贸易组织（WTO）则涵盖货物贸易、服务贸易以及知识产权贸易，而关税和贸易总协定只适用于商品货物贸易。WTO 的基本原则和宗旨是：通过实施市场开放、非歧视和公平贸易等原则，达到推动实现世界贸易自由化的目标。各个成员国享有的基本权利有：(1)各成员国享受无条件、多边、永久和稳定的最惠国待遇以及国民待遇；(2)享受其他世界贸易组织成员国开放和扩大货物、服务市场准入的利益；(3)发展中国家可享受一定范围的普惠制待遇及发展中国家成员的大多数优惠或过渡期安排；(4)利用争端机制，公平、客观、合理地解决与其他国家的经贸摩擦，营造良好的贸易发展环境；(5)参加多边贸易体制的活动，获得国际经贸规则的决策权；(6)享有世界贸易组织成员利用各项规则、采取例外、保证措施等促进本国经贸发展的权利。履行的主要义务有：(1)在货物、服务、知识产权等方面，依世界贸易组织规定，给予其他成员最惠国待遇和国民待遇；(2)依世界贸易组织有关规定，扩大货物、服务的市场准入程度，即具体要求降低关税和规定非关税措施，逐步扩大服务贸易市场开放；(3)按《知识产权协定》规定进一步规范知识产权保护；(4)按争端解决机制，与其他成员公正地解决贸易摩擦，不搞单边报复；(5)增加贸易政策、法规的透明度；(6)按在世界出口中所占比例交纳一定的会费。

3. WTO的影响

应该说,从世界贸易组织的原则和宗旨来看,是比较公平、合理的。从其成立几年来的情况看,其成员的经济贸易已占世界经济贸易的95%,有力地推动了经济全球化进程,产生了积极的影响。

其一,它促进了成员国之间的经贸合作。世界贸易组织通过多边贸易谈判促进各成员国间逐渐取消贸易壁垒,使贸易更加自由地进行。而随着贸易自由化的发展,特别是在服务贸易领域的自由化则深化了服务业内部的国际分工,同时也将促进世界经济范围的国际分工的发展。

其二,它有助于在较为公平和建设性的基础上解决国与国之间的贸易争端。WTO成员国须按照WTO的规则,而不是按某一成员国贸易立法或政策措施来解决国家间的贸易争端,未经世界贸易组织授权也不允许某一成员单方面地采取行动。一旦世界贸易组织作出裁决,争端双方必须要执行裁决结果。

其三,WTO奉行的知识产权保护为技术扩散创造了良好条件。世界贸易组织《与贸易有关的知识产权协定》的实施,加快了技术与知识产权的国际交流,为新技术与产品的开发以及技术的进步起了积极作用。

其四,世界贸易组织的发展,有利于改善成员国人民的生活,增加就业。因为世界贸易组织通过谈判以减少贸易壁垒,并在各成员国之间平等地实施协议,使各成员国生产商品和提供服务的价格下降,从而降低生活成本,改善生活水平。世界贸易组织协议的实施,促进了经济的增长,创造了更多的就业机会。与贸易保护主义消极保护就业的做法相反,世界贸易组织更多的是通过促进经济发展和产业结构的调整解决失业问题。

其五,WTO规则的运行,有利于提高经济效率,降低经济运行成本。世界贸易组织的一些基本原则使成员国的企业在更为公平、公正、客观和透明的竞争环境中从事生产经营和贸易,并使企业避免因各国贸易法规、政策的巨大差异而使成本上升,经营风险加大。更重要的是，能够使国内的生产要素在国外市场进行合理配置，增加市场在配置资源方面的功能，提高经济效率。

世界贸易组织还有助于政府从本国的全局利益、长远利益出发参与世界贸易组织的有关活动，平衡国内利益集团的利益，为一国的国际竞争力的提高服务。世界贸易组织的贸易政策评审机制，对企业来说，则意味着更加确定和清晰的商业环境，政府必须增强决策的科学性，提高管理效率，从而降低企业管理成本。

上述情况是从积极角度来说的，而从 WTO 的实际活动的效果来看，它作为最权威的国际性组织，从一开始就带有很强的富国烙印，特别是带有很强的美国烙印。它在促进世界经济发展的同时，其规则的“片面性”和“扶强抑弱”倾向，也导致整个世界出现了一系列新的矛盾。具体表现在：

其一，世界贸易组织作为世界经济全球化的最主要组织，是以发达国家在国内已经实行过并且证明对他们有利的游戏规则来界定各项标准的。从目前的情况看，WTO 的不少规则是由富国主导制定并且是多数适应富国而不适应穷国，在某种程度上只是富国国内规则在世界上的延伸。它是富国推行其价值观念、经济模式乃至政治模式的“代理人”，根本不考虑穷国的利益和要求，而只考虑他们的利益和利润。最典型的例子是东南亚、俄罗斯与拉美等地发生金融与经济危机过程中，发达国家所控制的这些国际金融机构与这些国家讨论实施援助计划时，往往是提出极其苛刻的条件，胁迫各国服从。韩国大宇公司的破产就与此有关。

其二，WTO 制定的规则缺乏透明度，发展中国家很少有发表自己见解的机会。尽管在世界贸易组织中，国家不分大小、强弱，一视同仁，每个成员都有一票投票权。但由于小国、弱国的贸易水平低，贸易量小，其在世界贸易组织中的影响非常有限。特别是对贸易规则的解读无法得到发达国家的认同，以致参与相关问题的谈判能力非常有限，从而造成形式上具有与大国相等的合法权利，但实际上却没有发言权。发达国家凭借其雄厚的资本和对发展中国家金融服务业的大量介入，通过投机活动向发展中国家转嫁金融危机。在发达国家将工业生产大批外移的情况下，其生产性危机的压力就迅速下降。而由于资金的积累和运作，金融活动有了更多的流动性、随意性和投机性，发达国家利用游戏规则缺乏透明度的误区，迫使发展中国家开放金融市场，使得金融机制尚不健全、资本也不雄厚的发展中国家在全球性金融危机中，资本大量缩水、外逃，经济遭受严重打击。

其三，由 WTO 等世界性组织驱动的全球化，带有强烈的“美国化”色彩。如前所述，1996 年 1 月 1 日正式成立的涉及范围更广泛的 WTO 取代了原来的关贸总协定，但在涉及全球化进程的一系列问题上，却没有一个明确的回答。在美国西雅图举行的被称为“千年回合”的 WTO 第三届部长会议上，作为世界第一经济大国的美国，就想将自己的价值观念、行为准则、经济模式、政治模式等一切规则、制度，作为 WTO 的原则和框架，成为构造冷战后国际经济、贸易格局的理念。正是世界贸易组织等驱动的全球化的“美国化”倾向，使得全球性的金融危机爆发以后，那些体制不健全的大多数发展中国家首先受到冲击，而美国等贸易大国则乘机从中渔利。大量外资流入美国，有利于美国调低利率，大量廉价的原料和商品进入美国，刺激了美国的消费市场而又不引发通货膨胀。在文化领域，美国的娱乐产品大量涌进世界上每个国家，并超强度地排斥当地文化或其他国家的电影、文学、艺术、光盘等产品。由此人们说，当代世界，是麦当劳、可口可乐、迪斯尼、好莱坞、拳击之夜和微软的世界。所以，由世界贸易组织等推动的经济全球化并不意味着所有人一起沉浮，美国是站在那些处于灭顶之灾的发展中国家肩膀上的巨人。

当然，我们也不能简单地把 WTO 看作纯粹的发达国家的工具，从一定意义上来说，WTO 是中性的，关键在于制定贸易规则时能反映哪个或哪些缔约方的贸易思想和贸易政策。实际上，从 20 世纪五六十年代起，关贸总协定就开始注意到发展中国家的利益及其与发达国家之间客观存在的经济发展差距，1999 年西雅图会议受挫就是一个说明。WTO 的成员国都是一方面接受和执行 WTO 的原则，另一方面又利用WTO现有条约的漏洞来保护本国的利益。正是从这个意义上说，我们要改变不利的国际竞争地位，就只有加入世界贸易组织，参与WTO规则的制定，从而保护自身的利益。列宁早就说过："要想与狼打交道，必须先学会狼叫。"在今天看来，要想与狼打交道，就得敢于深入狼穴，与狼共舞，而不被狼吃掉。

二、加入WTO对中国教育的挑战

WTO规定的开放贸易包括三个方面，即货物贸易、服务贸易和知识产权。1994年乌拉圭回合结束，缔结了有关服务贸易的总协定，教育服务作为其中的一部分，受到《服务贸易总协定》若干条款的约束。《服务贸易总协定》列出了12项服务，其中教育服务列为第五项。这就是说，教育作为一项服务贸易要受到该项协定的约束，必须承诺WTO关于服务贸易自由、公平和开放的基本原则。当然，WTO规定的服务贸易与货物贸易是有所不同的，各国有权根据本国的实际情况决定某些服务领域暂时不适用最惠国待遇原则。我国就没有把教育服务列入自己的承诺表。目前已有不少国家把教育服务列入了承诺，其中承诺开放初等教育服务的国家有26个，承诺开放中等教育服务的国家有28个，承诺开放高等教育服务的国家有25个，承诺开放成人教育服务的国家有23个，承诺开放其他教育服务的国家有9个。更多的国家虽然没有对教育业的开放作出上述承诺，但通过对教育服务提供方式的实质性规定，实际上也在不同程度地开放教育市场。

根据《服务贸易总协定》的规定，服务贸易以四种方式提供，它们适用于所有的国际服务贸易。这四种方式是：(1)跨境交付，主要是通过网络教育、函授教育等形式提供教育服务。例如：外国的大学机构经过国际教育机构的认证之后可以在其他国家开设网络学院，招收学生。经过合格的学习过程后，学生可以获得国际认证的学位。(2)境外消费，即可以直接到国外某所大学就读。(3)在服务消费国的商业存在，即国外办学机构可以直接来华办学。(4)自然人的流动，即外籍教师可以来中国任教、中国教师可以到外国任教等。目前，WTO成员国中对跨境交付的教育服务方式没有限制的国家有81个，对境外交付方式没有限制的国家有92个，对商业存在服务方式没有限制的国家有77个，对自然人流动服务方式没有限制的国家有90个。所有这些表明，在WTO范围内，教育正在向开放贸易的趋势发展，从基础教育一直到高等教育和成人教育，市场都在不同程度地介入并产生影响，一个世界性的开放教育大市场正在静悄悄地发展。对此，大多数国家都采取了积极的态度，并且其中不乏捷足先登者。如澳大利亚的教育通过产业化并致力于向世界各国开拓市场，现在已经成为其国内名列第三的支柱性产业。

所以，中国加入WTO后，马上就会面对一个日益开放的世界大市场，因此会产生一些从未出现过的新情况、新要素，使中国教育面临从未有过的挑战：

1. 人才培养和争夺的挑战

一是开放贸易带来经济全球化浪潮，人才流动加剧，高层次人才将成为各方抢夺的焦点，从而引发教育结构性的紧张。据有关部门预测，中国加入WTO后，有七类人才大需求：一是教师，二是律师（即通晓国内外法律的人才），三是外语人才（既懂外语又有专长的管理人才），四是心理医生，五是谈判人才，六是旅游人才，七是信息业人才（包括信息咨询员、电脑网络技术人员等）。而目前一个窘迫的现实则是，一些国有大中型企业为走出困境，一些欠发达地区为了更快地发展，也开始涉足高新技术产业，但他们所迎面撞上的就是人才的严重匮乏。尽管人才市场处于供大于求的局面，但有高层技术、管理能力、思想意识，能与国际接轨、具有创新才能的顶尖级人才，仍处于奇缺状态。希腊经济研究所教授马里斯·尼可利可斯指出，在中国不少新的产业领域，不少企业的经理人已经进入，但他们中有许多不懂英语，更不懂得如何与国际企业进行交流，对国际上的自由竞争规则也不熟悉。虽然有不少人看了这方面的书，但在实践中并不知道如何有效地运用这些知识。更为严重的是，我国的劳动力中占

86%的是仅受过初中教育的人，其中尚有18%是文盲或半文盲。如何把他们带入经济时代？如何参与WTO的竞争？实在是一场严峻的挑战。

二是人才的国际化程度日益提升。WTO带来的国际化要求，也将极大地冲击目前较为封闭的中国教育体制，激起教育的深层次改革，认同分数与认同能力之争将给教育带来革命性变化，使往日的"四有新人"或"社会主义建设者"等教育目标转向具体化。

三是教育市场将迅速形成，抢生源从小学、中学、本科到博士生，抢学校也从名幼儿园上升到争挤名小学、名中学、名大学，并有蔓延到争挤著名导师或特色班之势。由近年来的高校招生情况可见，为争名校，数万名考生退学复读。同时，加入WTO将使中国形成新一轮的出国留学热潮。

2.现行教育模式将面临激烈冲击

一是在WTO的推动下，民众的教育需求将日益高涨，但现有教育模式却未能有重大变革，高校虽扩招但创立的新高校并不多，因此将造成学位的新的紧张。也就是说，加入WTO，将迫使我们重新审视我们对教育的理解。在我国，多年来形成的一个传统观念认为，教育是一种国家的权利和责任，国家根据社会发展的需要举办学校教育机构，发展教育事业。在这种情况下，受教育对一个个体来说，基本上是一种介于公共物品和私人物品之间的准公共物品，用一种非市场提供与有限市场调节相结合的提供方式有效地解决了这一问题。而WTO把教育看成一种服务业，一种可以交易的服务产品，这意味着每个学习者或其家长都将变被动为一种积极主动的选择，他们是这场贸易的消费者，因而有权选择和获得满意的教育服务。这就在学校、教师与学生或家长之间形成了一种全新的权利与义务关系：作为消费者一方，学习者或其家长有权根据自己的需要和满意度来选择某类学校、某类教育形式甚至选择某类教师。与之相适应，学校和教师作为这项服务贸易的提供者，有义务按照国家的教育标准和自己对学习者的承诺，来提供合格的教育服务。因此，在不久的将来，自己来规划真正适合和有利于自己个性发展的教育目标和教育形式，精心选择适合自己的教育消费类别、水平和品位，从而获得自己真正需要而且有效的教育服务，可能是每个学习者和每个家庭在进行教育投资时都会反复考虑的事情。这就需要明确地树立一种新的教育服务与消费的理念。而作为教育的提供者，则应想方设法提高教育服务质量和品位，满足消费者的需要。

二是加入 WTO 将带来新的教育改革，促使教育从原先的政策性改革转向机制性改革。全球化趋势将不断引入新型人才模式、新教育评价观、新教育管理体制等，从而对中国传统教育倡导的注重选拔和升学的应试教育提出新的挑战。加入 WTO，意味着国家之间的竞争将在全球范围内进一步深入下去，而国家之间的竞争从根本上说是科技和教育的竞争。因此，“科教兴国”战略对教育提出的要求就是培养具有这种竞争意识和竞争能力的人才。这种人才首先必须具有创新精神。因为，没有创新精神，就没有观念的更新、制度的变革，就没有技术的进步、市场的开拓，就会在激烈的国际竞争中处于劣势。因此，培养具有创新精神的人才将成为加入 WTO 后中国教育面临的首要任务。但我们现有的学校教育长期以来在沿袭一种过于强调记诵之学、过分看重书本和权威的教育传统，用一种固定化的教育标准和人格范式来要求学生，因而大大压抑了他们的个性与创造精神。实际上，创新精神并不单是一种能力，它是一种时代精神，是一个时代的人格特征。因此，保护并激发孩子与生俱来的创造源泉，培育和锻炼他们的创造意识，应该成为中国教师的一个鲜明的教育理念。

3. 教育观念面临挑战

如前所述，WTO 的最佳贸易方式将带动中国产业的优化性发展，但是，这种“相对优势”会使缺乏资金的欠发达国家长期停留在人力密集型的产业上。教育能否为知识经济提供重要条件，关键在于是否实现教育的现代转型，即把教育作为促进新经济增长的重要因素来抓，真正确立教育优先，教育必须发挥服务和引导现代经济发展的思想和体制。据《中国社会科学院院报》报道,“入世”后高技术和高智力的脑力劳动者将供不应求,每年将创造1200个就业机会,一些传统的劳动密集型出口产业将成为最大受益者,“入世”五年后,食品、纺织、建筑、金融及其他的服务业的就业机会将平均增加32%。同时,中国的劳务输出优势将更加明显,人们有更多的机会出国打工。那些熟悉世贸规则、适应国际竞争的外语人才、复合型人才,将会非常抢手。而简单的体力劳动者将供大于求,据《中华工商时报》报道,“入世”后农业将减少966.2万人,减幅3.6%;汽车工业减少49.8万人,减幅14.5%;机械及仪器业减少58.2万人,减幅2.5%。一些老工业基地、中西部地区的中小城市、国有部门的就业压力更大。市场对人才需求的变化,必然会倒逼人才培养模式的变化和教育观念的变化。

很显然,加入WTO后,在外贸、金融、咨询、管理、法律、科技等领域,人才的稀缺将是一种普遍现象,由学校教育输入人才成了当务之急。新的人才标准更趋明朗化,学校的培养目标也随之增添新的内容,如商业意识、创新能力的培养等。对此,有专家提出了“学而优则商、学而优则学、学而优则仕”的观点,这无疑是对传统学习价值观的改变。此外,教育除了重视学习能力的培养外,还要重视与人交往的能力、自制能力、创新能力的培养等。美国哈佛大学在本科生的课程设置中非常强调“国际化视野”和“合作意识”。他们希望培养的学生,绝不是象牙塔里孤独的学者,而是能在未来世界里长袖善舞、能应付各种各样挑战的人。其核心是培养学生的创新能力,并且这种创新能力的培养从基础教育就开始了。在美国,小学教育就重视能力的培养,很少简单地传授知识,甚至严格限制学生得到知识的数量,但每个学生要获得一个知识都需要付出很多的汗水和辛苦。而在这个过程中,动手、思考和感悟比知识本身更重要。也就是说,美国的基础教育是先让学生去感悟、去思考,然后得到知识,这个时候知识就变成了智慧。由于开始的时候,知识很简单,比较容易得到感悟,知识也就容易变成智慧。智慧其实就是我们常说的创造力。学习有三个阶段:感性认识——感悟——知识,知识是学习的最高阶段。美国教育让学生走完三个阶段,才能得到知识。这样的教育过程就是一个获得智慧的过程,由此也使受教育者造就了一种能力,那就是创新能力。在我国,我们的基础教育与美国恰恰相反,填鸭式的教育让小孩很容易就能得到一些知识,没有探究,没有感悟,最终只是学到了知识,但没有得到智慧;到了高中,学生们虽然很拼命地学习,但其动力仅仅是考大学;而进入"严进宽出"的大学后,学子们似乎松了一口气,很多学生感觉终于摆脱了束缚,可以想干什么,就干什么了。于是,很多学生把大把时间用在了学习以外的事情上,获取知识的黄金时段被白白浪费掉。而WTO带来的新的人才标准将会首先冲击文凭至上的思想,转变以往那种会做题、考高分就是优秀人才的教育观。因此,WTO将提供更新传统办学观念的新契机,从根本上转变读死书和盲目追求高分现象。就高等教育来说,在新型人才培养方面与国际接轨的步伐将加快,先进的办学理念、开放的人才培养观、现代化的教学手段、针对性强的专业设置、灵活实用的教学计划和内容,对我国传统的办学模式、人才培养模式必将产生重大影响,促使我国加大改革力度,使高等教育的办学体制更加完善,办学模式更加丰富、灵活。适应社会发展需要的多样化、多层次、多渠道、多种所有制并存的高等教育办学模式网络系统逐步形成。

4. 加入WTO对每一个教师也提出了挑战

我们知道,加入WTO将进一步加快社会的现代化进程,大量超文本的知识信息将通过各种媒介充斥社会的各个领域,新的交往形式,包括通过网络与外界的交流,会大大拓展一代人的学习与交往空间。这一变化将挑战学校与教师的功能与作用。一方面,学习者在家或其他场所通过互联网接受国内外最新信息、聆听优秀教师的教诲将不再是奇思妙想,远程教育在逐渐完善和普及,拜师显然已经不是求学的唯一途径(当然,教师的指导依然很重要);另一方面,在教师与学生们共同面临的历史性变化面前,显然学生们对新环境的认同更深刻。他们凭着对文化的敏感、认同以及自身接受能力的优势,会比教师更能接受这样一种新的文化。到国外读书也许会成为更多的年轻人的追求,不出国境而进入外资举办的学校也将成为一种新的选择。由此就使现有的教师权威受到挑战。还有一方面,就是当今人才流动的全球化和人才标准国际化,必将会使我们的学生以一种新的眼光看待教育,这必然对教师提出全新的要求。“学富五车”可能不再是学问的唯一象征,“人生经验”有时反而成为创新的羁绊。也就是说,我们通过教育所培育的人,不仅在科学上能够创新,在其他方面也要能够创新。原教育部副部长韦钰博士认为,创新对一个人来说,在一生中是他的尖峰。一个人并不是什么时候都能创新的。创新是一个厚积薄发的过程,需要积累的时间很长,发出来则是在一个瞬间。对一个人来说,不是每个人都能攀登到创新的高峰的。所以我们认为,敬业是一切的基础,所有的人都必须敬业。敬业以后才能谈得上立业,才能创造革新,最后才是知识创新。知识创新是指创造新的、本来不存在的知识,特别是对自然和社会发展规律的认识。而技术革新是指新工艺、新技术、新应用。它不一定是新知识的产业,而创业是在革新基础上的立业。光有革新的想法,在当今时代不一定能立得了业。这一切的基础是敬业。敬业是大楼的根基,创新是大楼的塔尖。

我们培养学生要有创新精神,首先就要培养敬业精神,当然这就要求教师必须敬业。联合国教科文组织提出的“To learn,to be,to do,to live together”(去学,去成为,去做,去一块儿生活)是敬业的四个基本条件。在这个基础上,在人的一生中,也许会有几次创新。这对教育来说,就提出了很高的要求。教育要尽可能地为公民提供方便灵活、不受时间和地点的限制、能够满足其要求的学习内容。我们教育的目的、培养人的规格发生了很大变化。从教育本身的过程来说,知识传播的方式、课程的概念、教师的作用和行为、学生的行为和作用都发生了变化。因此,学习的方法、思维方法、生活方法等都要发生变化。

总之,在全球化时代,教育活动必将在全球范围内展开,无论是办学模式，还是人才培养观念，以及教育内容和教材设计都将走向全球化，这无疑是对我国教育提出的一项挑战。

三、中国教育面临的机遇与对策

有挑战，必有机遇，机遇与挑战并存，这是历史发展的辩证法。从长远看，加入WTO虽然对我国的经济、贸易、科技、教育的发展带来了挑战，但同时也提供了发展机遇。因为，随着知识经济的兴起，社会发展的主要动力越来越依托科学技术，尤其是高新技术。而高新技术的基础是掌握高新技术的人才，培养的渠道主要在各级各类教育机构。这就为中国教育的发展提供了新的机遇。特别是信息技术日新月异的发展，开辟了现代教育的新天地。目前支撑经济全球化的一个很大因素就是信息技术的迅猛发展。同样，信息技术对教育的影响也是非常大的。目前信息技术已经达到网络化、数字化阶段，发达国家第二代因特网和信息高速公路正在修建，信息技术成为全球化的重要源泉和动力，对教育的冲击和随时引起的变革是难以预计的。由于信息技术的日新月异，教育软件越来越丰富，尤其随着近年来网络的发展，网上虚拟教育迅猛发展，促使教学形式发生了根本性的变革，学习者可以超越时空限制，自行安排学习计划、学习时间、学习内容。这种个别化学习的趋势符合终身学习的需求，尤其对于高等教育、大学后的继续教育来说，在职培训学习都非常重要。网络的出现，加速了教育的国际化，网络的地位变得越来越突出，同时使学校和社会的联系越来越密切。网络化学习的近期走向是把教育构建在因特网上，通过因特网把学校和政府部门链接在一起，把断口链接到每个学校、每个教师、每个家庭计算机和个人笔记本电脑上，以便形成广泛的互动式的学习和资源共享。

所以，抓住机遇，回应挑战，努力推动中国教育“面向现代化，面向世界，面向未来”[①]，就成为我们每一个教育工作者的历史使命。

---

① 《邓小平文选》第3卷，人民出版社1993年版，第35页。

其一,改革传统的人才培养模式和评价机制,培养适应经济社会发展需求的、适应未来社会变化的人才。在经济全球化背景下,为增强国际竞争力,国际化人才培养成为各国政府和高等院校的首要任务。教育国际化是推动人文交流的基础,要培养国际性人才,增进不同民族间的相互理解,必须派学生、学者到相关国家了解该国的历史、文化、风土人情。只有融入一个国家的生活,才能够真正深入地了解和理解对方。以高端人才的交流和培养为重点,扩大留学生规模,已经成为各国的一个共同趋势。中国加入 WTO 后要参加国际市场的竞争,必须要有拥有大量的涉外知识、能面向国际市场、适应国际竞争、富有开拓精神的高素质的复合型人才。这种复合型人才不但要熟悉我国国情,具有很好的外语水平、丰富的专业知识,而且还要精通 WTO 规则和国际经济法律,积极参与国际事务,维护我国正当权益。对高校来说,为适应经济社会发展需求培养人才,就必须改革传统的人才培养模式和评价机制,更加注重创新性、综合性、包容性和选择性,为学生创造更加灵活多样的学习机会,培养学生的国际视野,提升学生适应未来社会变化的能力和适应多元文化的能力。

其二,改革教育内容和教学方法,扩大对外交流与合作,推动教育国际化。加入 WTO 对中国教育的影响通过劳动力市场间接地反映到教育中来。"入世"后,在外贸、金融、营销、咨询、管理、科技等领域将出现人才短缺的现象。学校,特别是高等学校必须根据就业市场适当地调整学校的专业,增加或撤换一些内容。而国外更多先进的课程、教材、新技术通过合作途径引进国内。可以说,在全球化时代,加强国际间的文化教育的相互交流与合作,成为必然的趋势。北美、西欧、日本等发达地区和国家率先开展了高教国际化的研究。开展国际合作、人才培养、从事研究和提供终身教育并列为四种基本职能。过去大学的主要职能是研究、学习和为社会服务,而现在开展国际合作已成为大学的一项重要职能。教育国际化的驱动力既有文化交流本身发展的需求,同时也包括政治、经济方面的因素。在科技日新月异的时代,学校要积极推行信息技术教育,在教育内容中适当增加新成分，以培养学生的国际意识、经济意识，使学生从全球的角度看问题，以便在将来更好地适应激烈的国际竞争。

其三，实现学校结构和学习形式的多样化。相对于国际化而言，为了适应市场自由竞争和社会发展的需要，各类教育在机构组织、办学形式、课程设置、学生构成、经费来源等方面将进一步多样化。从学校结构来看，需要根据社会发展需要和社会职业岗位的需求，既保留一些学术研究型大学，也要组建或调整一些高校为培养社会发展职业型人才服务，促使高等教育从面向少数人的教育，向对多数人开放的普及教育、大众化教育转变。从学习内容和学习形式来看，全球化时代，针对传统高等教育脱离社会、周期长、不适应劳动市场的变化的弱点，许多国家都采取了越来越灵活的办学形式、授课制度和学习管理制度，这对我们都是可资借鉴的。同时，从学习内容来看，也要密切结合社会职业岗位的实际需要，注重学习内容的实用性和实践能力的培养。除去一些专业核心课程外，还可以利用一些发达国家的教育资源，让学生从全球视角去观察问题，包括节约资源、低碳减排、地震、台风的效应等，使学生从毕业那一天开始，就可以在不同的环境下、不同的国家中顺利地工作，成为一个真正意义上的全球公民。

其四，建立优势教育市场。加入 WTO 后，中国开放教育市场是必然的。面对教育市场的开放以及其他国家来中国办学、争夺中国生源市场的挑战，我们必须积极应对，建立优势教育市场。(1)致力于创办中国特色的学校。全球化中的竞争将促使学校意识到，有无特色成为教育存在和发展的前提。中国学校办学，最大的优势就是了解中国的国情和地方特色。因而，我们就要立足于中国特殊的教育实际，致力于创办中国特色的学校。当然，发达国家的许多办学经验我们是应该学的。但切不可盲目模仿他们的办学方式，而必须结合本国的教育实际，办出自己的特色。同时，必须转变以数量规模为中心的办学思想，树立讲求质量效益的办学观念。(2)开放教育市场后，一方面我们要看到其他国家争夺中国的生源市场，另一方面我们也应看到这是解决我国教育供需矛盾的重要途径。我国教育市场存在政府投入严重不足与广大群众对教育需求扩张的矛盾，单靠政府或现有的教育机构是不能解决这一矛盾的。开放教育市场后，我们可以引进外资和民间资本，利用他们的资源开发我们的市场，使办学主体和经费来源更加多样化，从而使国内教育市场更加开放。(3)在中国打开教育市场时，我们不能仅仅被动地分析外国来我国办学对我国教育市场所造成的影响，也要主动、积极地争取更广阔的国际市场，把我们的教育市场拓展到其他国家和地区。应该说，加入 WTO，为我国教育寻找更广阔的市场创造了机会。随着中国加入 WTO 以及我国世界地位的提高，各个国家与中国打交道的机会将越来越多，需要掌握汉语的人必然也会越来越多。这样，我们可以在国外开设汉语专业，包括在世界范围内建立越来越多的孔子学院等。而且我们的一些特殊专业和某些科技领域具有特定的优势，我们可以以此吸引国外的学者。这就是说，中国面临国内和国外两个市场的开发问题，等这两个市场都开发好了，我们的教育市场就会呈现出良好的前景。

其五，深化课程改革。课程是教育的心脏，课程改革是教育改革的核心。为培养适合 WTO 要求的学生，进行课程改革就成了一项艰巨任务。对此，一要明确课程改革的目标。课程改革主要是让学生的学习方式发生根本性转变，期望学生在教育阶段构建一种自主的、探究的、合作的、终身的学习能力。这就要求教师进行观念转变和角色转换。在信息社会，知识传播有很多途径，并非只有教师才能担当这个职能。这就要求教师必须改变单纯地传播知识的职能，即不仅仅是知识的传播者，更是一个能给人思想的熏陶、能教人良好的学习方法和习惯、与受学者交流思想的民主型的教师；教师不再是专家编的教科书的执行者，而是与专家、学生、家长、社会人士共建新课程的合作者；教师不再是只知道教书的匠人，而是拥有正确教育观念、善于合作的研究者；教师不再是知识的传递者，而是学生的引路人。二要转变原来编写教材的思想。WTO 需要的是具有创新能力的复合型人才，因而要相应地改变原来编写教材的思想。即从简单地灌输知识型的教材，改变为启发学生独立探索、具有创造性思维的教材。同时，新教材要遵循教育和学生认知规律，注重教学效益，打破学科封闭状态，强调向其他学科辐射，具有浓郁的现代教育色彩。力求使新教材达到"容量大、内容精、辐射广"的目标。而能否充分发挥新教材的价值，教师起着关键作用。所以，一线教师不仅要树立新的教育观念，而且还要进行扎实细致的、从教材改革指导思想和培养目标到深入了解内容编排设置的培训工作。

总之，加入 WTO，对中国教育产生的影响是多方面、全方位的。教育是关系到民族存亡的大事，需要让全民都来关注 WTO，关注中国教育即将产生的变化。只有这样，中国教育才能在经济全球化时代，早日实现教育现代化。

认识大学，全面发展*

——献给新一届大学生

秋风送爽，金菊飘香，在这喜庆收获的季节，我们迎来了2004级新同学，欢迎各位新同学在人生的转折时刻跨进了我们学校的大门。尽管我们还不敢承诺，能够为大家提供的是最好的学习设施和生活条件，但我们有一颗真诚炽热的心，有一批精益求精、颇有学术造诣的专家学者，有一支勤勤恳恳、效率精良的管理队伍，还有着半个多世纪的办学历史和深厚的文化底蕴……在这里，一草一木、一砖一石都沐浴在文化的阳光里。只要勤奋，只要用心，只要执着，你们就会采摘到绚丽的知识花朵。知识就是力量，学习是快乐的，也是美丽的，"腹有诗书气自华"，用知识武装起来的人，就会有追逐理想的恢宏之气，就会有创造人生的胜天之力，就会有造福社会的鸿鹄之志。

"年年岁岁花相似，岁岁年年人不同。"在我从教的20个春秋，每年都会迎来一批朝气蓬勃的新同学，送走一批硕果累累的毕业生。可以说，昨天的"花蕾"已成为今天各条战线的"参天大树"，今天的你们必定是祖国明天的栋梁！为了明天，为了未来，我们必须从今天的努力开始。为此，向各位新同学提以下几点要求以共勉。

一、认识大学，准确定位

大学，是人生的一个新起点；大学，也是人生旅途中的一个小驿

---

* 此文系2004年9月23日为新生所作的入学教育报告。

站。考上大学，只能说是“万里长征走完了第一步”，大家千万不要以为可以从此一劳永逸。孔子曰：“凡事预则立，不预则废。”英国前首相丘吉尔也说过：“机遇只垂青那些有准备的头脑。”俗语也讲：“领先一步，步步领先。”所以，如何做好充分的准备迎接大学生活，对可塑性很强的大学生来说，至关重要。

1. 树立早起早飞、领先一步的思想意识。有这样一个故事：在一望无际的草原上，有一只狮子不停地奔跑，但是前方却没有猎物。有人问它为什么要奔跑，狮子说：“我只有跑得比猎物快，才能获得猎物。”同样，一只小鹿也在独自奔跑。有人问它为什么奔跑，小鹿说：“我只有跑得比其他鹿快才能不被吃掉。”这个故事告诉我们：不论你是强者还是弱者，只有不断地努力，跑得比别人快，才能在这个社会上生存下去。大学是人生的新起点和转折点。历史告诉我们，大学时光如何度过，将在很大程度上决定一个人今后的发展，进大学时殊途同归的考生，毕业时可能会有天壤之别。

高考只是提供了一次机会，成绩并不代表一切。超水平发挥不要沾沾自喜，考得不理想也不要怨天尤人；上了一流大学用不着得意忘形，没读重点学校也不要自惭形秽。因为，所有这些都将成为过去，未来还要靠你今后的打拼和表现来证明。大学只是提供了一个舞台，名牌大学不等于你的未来。无论你走进了哪所大学，无论你选择了何种专业，都没有质的差别。差别在于能否比别人对事物认识得早，对环境适应得快，比别人跑得快。所以，跨进我们学校的大门既不用庆幸也不用懊丧，大家都在一个起跑线上，只要你跑得快，就一定会领略到前方的绚丽风景。

2. 发扬“多加一盎司”精神。美国著名投资专家约翰·坦普尔顿通过大量观察、系统研究，得出一个重要原则：多加一盎司定律（盎司是英美制重量单位，一盎司只相当于 1/16 磅）。只“多加一盎司”，其结果却有天壤之别。在青年时代，约翰·坦普尔顿就决心把“多加一盎司”运用到他在耶鲁大学的学习中。他决心使自己的作业不是95%而是 99%正确。结果呢？他在大三就进入美国大学生联谊会，并被选为耶鲁分会的主席,得到了罗兹奖学金。在商界、艺术界、体育界,在所有领域,那些最知名、最出类拔萃者与他人的区别,就是多那么一点儿,“多加一盎司”。谁能使自己“多加一盎司”,谁就能得到千倍的回报。在工作中,尽职尽责完成自己工作的人,最多只能算称职员工。如果在工作中“多加一盎司”,你将会成为优秀员工。“多加一盎司”,其实并不难,我们已付出了99%的努力,已做了绝大部分的工作,再“多加一盎司”,又有什么难呢?我们所需要的往往是那么一点点责任、一点点决心、一点点敬业意志和自动自发的精神。水温再升高一度就达到沸点,山再攀登一步就可达绝顶,横竿再上移一厘米就刷新世界纪录。就多那么一点,就“多加一盎司”。学习更是如此,刚刚经过高考的同学们肯定有着深刻的感受。希望大家在未来的大学生活中一如既往地发扬“多加一盎司”精神。

3.注重探究。大学是培养和造就高素质的创造性人才的摇篮;是认识未知世界,探求客观真理,为人类解决面临的重大课题提供科学依据的前沿;是知识创新、推动科学技术成果向现实生产力转化的重要力量;是民族优秀文化与世界先进文明成果交流借鉴的桥梁。讲一个故事,有些同学可能知道印度科学家拉曼是诺贝尔物理学奖获得者,而促使他走上诺贝尔奖台的则是一个小孩在地中海发出的疑问。1930年,印度科学家拉曼在英国皇家学会上作了声学与光学的研究报告后,取道地中海乘船回国。甲板上漫步的人群中,一对印度母子的对话引起了拉曼的注意。“妈妈,这个大海叫什么名字?”“地中海!”“为什么叫地中海?”“因为它夹在欧亚大陆和非洲大陆之间。”“那它为什么是蓝色的?”年轻的母亲一时语塞,求助的目光正好遇上了在一旁饶有兴味地倾听他们谈话的拉曼。拉曼告诉男孩:“海水所以呈蓝色,是因为它反射了天空的颜色。”当时,几乎所有的人都认可这一解释。因为它出自英国物理学家瑞利勋爵的推理。但不知为什么,在告别了那一对母子之后,拉曼总对自己的解释心存疑惑。拉曼回到加尔各答后,立即着手研究海水为什么是蓝的。他终于证明出水分子对光线的散射使海水显出蓝色的机制,进而又在固体、液体和气体中，分别发现了一种普遍存在的光散射效应，被人们统称为“拉曼效应”。地中海轮船上那个男孩的问号，把拉曼领上了诺贝尔物理学奖的奖台。

大学生应该有理想，有道德，有文化，有纪律，热爱社会主义国家和社会主义事业，有为国家富强和人民富裕而艰苦奋斗的精神，应该不断追求知识，具有实事求是、独立思考、勇于创造的科学精神。作为大学生，认识自己的大学，就好比在旅行开始前确立目标。在走进大学校园后，我们需要认识我们自己的校园，认识我们身边的人，我们的同学和老师。大学的同学相对于高中已较成熟，较理性，所以在与自己的大学同学交往的过程中就需要更加注意和理性。与此同时，还要重新审视和处理师生间的交往。大学教学活动与以往其他阶段的教学活动相比存在着明显的差异，这就决定了高校教师在教学中的地位与作用。这就需要大学生们更加独立和理性，充分把握大学教师对自己的影响，处理好师生关系。总之，作为大学生，应该理性地认识到人际交往对自我的学习、生活、成长、成才具有十分重要的作用和功能。

4.正确地实现自我定位。大学生处于迅速走向成熟而又未完全成熟的阶段，这就要求大学生们要更加理性地审视自我，即自我定位。大学是人生道路的新阶段，如何顺利转变，适应大学生活的要求，实现角色转换，将关系到大学生在大学期间的健康成长及今后的发展。这就要求大学生们首先要认识自我，对自己的优缺点要很清楚，扬长避短。经过小学、初中和高中基础教育阶段的学习，已经奠定了相当的基础。进入大学后，将是全面塑造自我的时候。自己目前处在什么水平，要把自己塑造成为一个什么样的人，自己将如何实现自我的塑造等，这些都是自我定位。大学生们在自我定位的时候，往往会出现越位、错位甚至是空位的情况，由此就会出现如下这些现象：有些学生碌碌无为，“当一天和尚撞一天钟”；有的是“盲从劲”十足，自己被夹杂在一系列活动之中，随波逐流，不知如何是好；有的是成天抱着一个自我认为的目标，忙忙碌碌，结果是弄得自己身心疲愈，却一无所获。这些都是自我定位错误的结果。由此可见，自我定位准确与否关系重大。当然，自我定位是一个流动的过程，并非要求要一步到位。要根据自己的实际情况和所处的环境的变化，不断重新审视自己，并随时修改或重新进行定位。

5. 营造合理的知识结构，全面培养自己的能力。在对自己的大学有一个清楚的认识和进行准确的自我定位后，大学生们该做的就是营造合理的知识结构，全面培养自己的能力。“创新是一个民族的灵魂。”创新也是个人生命力的重要体现。有了前面初中、高中阶段知识的积累和运用知识技能的培养，大学生们还应该在此基础上培养自己的创新能力。缺乏创新意识和创新能力的民族是没有前途的。同样，没有创新意识和创新能力的大学生也是难有所成就的。在原有的知识基础和理论基础之上，结合自身的情况，打破传统观念，突破常规，提升到另一个新的高度。这样，自己所学的知识才有生命力。创新只是各个能力中重要的一个。与此同时，大学生们还要积极参加各项社会工作和社会实践，锻炼和培养自身的各方面能力。在参与对学生的组织和管理中，在服务广大同学成才和成长的过程中，培养自己的群众观点和分析判断的决策能力、组织指挥的领导能力、演讲宣传的能力、文字表达能力、自我完善能力等。因而，参加社会工作、担任学生干部是培养大学生能力的重要途径。另外，积极参加社会实践，对培养大学生能力、提高大学生素质具有重要的意义。大学生的社会实践是根据社会的需要和自身的专业、知识等特点开展的一系列社会性活动。它对大学生们了解认识国情、社会，培养大学生全面正确认识分析社会问题的能力，培养大学生理论联系实际的能力，培养大学生的社会适应能力等都具有十分重要的意义。它将为大学生毕业后走上社会，服务社会作一个准备。

总之，营造合理的知识结构，全面培养自己的能力，是大学生们大学时代的中心任务。另外，还要树立正确的人生观、价值观，培养良好的心理素质。“大学生究竟为什么而学”“我们究竟为什么而活着”这两个问题的答案将关系到大学生个人的奋斗源泉，是大学时代一切行为的出发点与归属点,贯穿于整个大学时代乃至以后的人生。大学生必须树立正确的人生观,树立科学的人生目的,追求高尚的人生理想,确立乐观的人生态度,明确自己的责任。坚持个人与社会的辩证统一。

6. 持之以恒。历史的经验表明,成功往往来自于耐心和耐力,三分钟的热度,成功是不会光顾的。一位著名的推销大师在城中最大的体育馆作告别职业生涯的演说时用事例说明了成功来自于简单的重复的道理。那天,会场舞台的正中央吊着一个巨大的铁球。主持人对观众说:"请两位身体强壮的人到台上来。"转眼间已有两名动作快的年轻人跑到台上。推销大师说:"请你们用这个大铁锤,去敲打那个吊着的铁球,直到把它荡起来。"一个年轻人先拿起铁锤,拉开架势,抡起大锤,全力向那吊着的铁球砸去。但一声震耳的响声后,那吊球却纹丝不动。他接着用大铁锤不断砸向吊球,铁球还是不动。很快他就气喘吁吁了。另一个人也不示弱,接过大铁锤把吊球打得叮当响,可是铁球仍旧一动不动。这时,老人从上衣口袋里掏出一个小锤,对着铁球"咚"敲了一下,停顿一下,再用小锤"咚"敲了一下。人们奇怪地看着,老人就这样自顾自地不断敲下去。10 分钟过去了,20 分钟过去了,会场早已开始骚动,有的人干脆叫骂起来,人们用各种声音和动作发泄着不满。老人却不闻不问,只管一小锤一小锤不停地工作着,大概在老人进行到 40 分钟的时候,坐在前面的一个妇女突然尖叫一声:"球动了!"接着,吊球在老人一锤一锤的敲打中越荡越高,它拉动着那个铁架子"哐哐"作响,它的巨大威力强烈地震撼着在场的每一个人。这时老人开口讲话了。他的告别演讲只有一句话:"在人生的道路上,如果你没有耐心去等待成功的到来,那么,你只好用一生的耐心去面对失败。"

二、努力培养优秀品质,视优秀为一种习惯

俗语说,行为决定习惯,习惯决定性格,性格决定命运。好的习惯是终身伴随的财富。如果说优秀是一种习惯,那么懒惰也是一种

习惯。人出生的时候，除了脾气会因为天性而有所不同，其他的东西基本都是后天形成的，是家庭影响和后天教育的结果。我们的一言一行都是日积月累养成的习惯。所以我们从现在起就要把优秀变成一种习惯，使我们的优秀行为习以为常，变成我们的第二天性。让我们习惯性地去创造性思考，习惯性地去认真做事情，习惯性地对别人友好，习惯性地欣赏大自然。

那么，怎么培养优秀的品质呢？

第一，培养以科学理论为指导的思想政治素质。社会是一个复杂的有机体，在社会主义市场经济条件下，经济成分的多元性必然导致人们思想观念的多样化。为此，我们必须坚定不移地树立建设有中国特色的社会主义的共同理想和正确的人生观、世界观和价值观。我们知道，大千世界，历来存在着真善美假恶丑，只要我们掌握辨别是非的能力和方法，就能够做到弃恶扬善，扶正压邪。孟子说过："爱人者，人恒爱之；敬人者，人恒敬之。"捧一颗爱心上路的人，一生也将与快乐同行。

第二，培养弘扬民族优秀文化、学习西文先进文化的科学文化素质。科学无国界，文化需要交流，世界是一个开放的体系，世界经济一体化的发展必然带来国际文化的交流。我们要实施科教兴国的战略，促进教育与经济的紧密结合，也需要进行国际间的交流。因此，善于吸收本民族优秀的科学文化传统，学习和借鉴世界各国科学文化的优秀成果，是当代人才必须具备的科学文化素质。

第三，培养专博结合、勇于实践的能力素质。新世纪的人才必须是通晓某一方面、某一学科的"专才"。这样，他的社会贡献才会突出。同时，学科之间相互交叉和渗透、高度分解和高度综合的发展趋势，又要求人才必须涉猎多学科、多领域，博采众长，这就是要有智慧。所谓智慧就是具有处理问题的方法和艺术，一个有智慧的人知道什么时候该创新，什么时候该利用前人的成果。有些人可能自认为很有创新能力，但是创造出来的东西不见得有用。例如：有位科学家给两名助手一人一只灯泡，要求他们各自想法求出这灯泡的体积。

其中一位很快得出了结果：他找来一只烧杯注满水，把灯泡没入水，然后拿出灯泡，根据烧杯中空出的部分，很快就计算出了灯泡的体积。另一位用尺子测量，用公式计算，忙了半天也没有忙出个结果来。第二位助手并不缺少知识，但他却缺少智慧。他迷信于课本上那些知识，却不知道灵活地运用。而第一位助手可贵的是，善于变换角度解决问题，把书上的知识与生活的经验巧妙嫁接，有机融合，把棘手的难题转变为简单的操作，使问题迎刃而解。智慧型人才和知识型人才的区别也许就在这里。知识和智慧很难截然分开，但二者毕竟在本质上有着明显的不同。是角逐知识，还是追求智慧？这关系着学校教育的价值取向和办学层次。智慧的教育向社会输送的是"第一位助手"，知识的教育向社会提供的就是"第二位助手"。尽管智慧的教育基于知识的教育，但智慧的教育毕竟有别于知识的教育。今天的教育就是在探寻智慧的教育。

除上述这些素质外，还要锻炼身体，拥有健康体魄和乐观向上、坚忍不拔的心理素质等。

三、树立远大理想，奠定鹏程万里的坚实基础

当年我走进大学的时候，我们的系主任在对我们进行入学教育时，曾说过一句至今仍激励着我的话，那就是："野心不得有，雄心不得无。"当时，懵懵懂懂，不是太理解。后来逐渐领会到了这句话的深刻哲理，并秉承于实践。这句话在当前具有特别的意义。

因为在当前市场经济大潮的冲击下，社会上流行着一些不健康的论调，诸如"理想是空的，信念是远的，金钱是实的，官位是真的"等等。甚至在一部分教师中也存有类似观念，给学生传授这样的思想：学好数理化，熟读 ABC，再将"两证"拿到手，毕业后找一个待遇好、福利高的工作，或者考上公务员，这才是最实际的。因此，一些学生对理想与信念不屑一顾，尤其是讲到共同理想和共产主义远大理想时，他们更觉得摸不着，看不见，太遥远。产生这种想法的同学是因为对个人理想信念了解得不透彻，不深入，对个人理想和共同理想、

共产主义远大理想之间的关系认识不清，尤其是对共同理想和共产主义远大理想的概念认识不清。

实际上，理想是人们在实践中形成的具有实现可能性的对未来的向往和追求，是人们的世界观和政治立场在奋斗目标上的集中体现。理想从性质上划分为科学理想和非科学理想、崇高理想和庸俗理想，从主体上可分为个人理想和社会理想，从时序上可分为长远理想和近期理想，从内容上可分为社会政治理想、道德理想、职业理想和生活理想。理想是人生的奋斗目标，是人生的精神支柱和内在动力，是人生前进的政治方向。崇高的理想能够使人们形成崇高的精神境界，帮助人们从个人利益的狭小天地里跳出来，摆脱因一时的私利而产生的种种忧虑和烦恼，心胸开阔，高瞻远瞩，为实现美好理想而顽强奋斗。

当然，我们讲的理想是全面的，包括个人理想、社会理想和长远理想。个人理想是指处于一定历史条件和社会关系中的个体对自己未来物质生活、精神生活所产生的向往与设想；社会理想是指占主体社会地位的社会群体乃至社会全体成员的共同理想；远大理想是指需要长期的艰苦奋斗和努力才能实现的理想。个人理想和社会理想是辩证统一的。社会理想决定、制约着个人理想，体现社会对个人的要求，而每个社会人个人理想的追求和实现，也促进了社会理想的实现，正确的个人理想只有建立在社会共同理想的基础上，才能得以实现。社会的共同理想是在长远(或远大理想)的追求中建立的。而社会不同时期的共同理想都不相同，那么不同时期共同理想的实现，也就促使远大理想早日实现。在新世纪新阶段，全面建设小康社会，到本世纪中叶基本实现现代化，把我国建设成富强、民主、文明的社会主义国家，实现中华民族的伟大复兴，是我们党现阶段的奋斗目标和行动纲领，也是我国各民族人民的共同理想。实现共产主义是党的最高纲领、最终目标，也是我国各民族的远大理想。共产主义远大理想，为共同理想的确立指明了前进方向，现阶段共同理想为共产主义远大理想的实现准备了必要条件。没有共产主义远大理想，现阶段的共同理想就会失去灵魂，偏离正确方向；没有现阶段共同理想，就不可能脚踏实地、循序渐进地做好当前工作，共产主义理想就只能是美好的空想。共产主义远大理想的实现不是一蹴而就的，而是一个非常漫长的历史过程，因此需要长期不懈地去实现各阶段共同理想，通过各阶段共同理想的实现逐步实现共产主义远大目标。

在发展社会主义市场经济条件下，那种一味追求"实惠"的观点、所谓"共产主义渺茫"的观点是片面的、错误的、有害的。广大青年大学生必须处理好共同理想与共产主义远大理想的关系，牢固树立中国特色社会主义共同理想和共产主义远大理想，坚定跟党走中国特色社会主义道路的信念，发奋学习，早日成才，报效祖国。

世界首富比尔·盖茨大家都听说过。白手起家的比尔·盖茨从20岁时便开始领导微软，31岁时成为有史以来最年轻的亿万富翁（后来这个记录被打破），37岁时成为美国首富并获得国家科技奖章，39岁时以一票之差击败通用电气（GE）公司的杰克·韦尔奇，被《工业周刊》评选为"最受尊敬的CEO"。微软公司上市之后，市值也节节攀高，超越波音、IBM，接着又超过三大汽车公司市值总和，直至突破5000亿美元大关超越通用电气，成为全球市场价值最高的公司，年营业额超过世界前五十名软件企业中其他49家的总和……这一切，都是永远不可磨灭的辉煌。因此，他也成为世人特别是青少年学生羡慕和惊奇的对象。

但盖茨之所以这样令人瞩目，财富仅仅是其中的一部分原因。有人对盖茨的成功产生了怀疑，也有人把他的成功称为难以置信的神话，但有一点是毋庸置疑的：盖茨不是靠幸运取得成功的，微软也不是建立在偶然基础上的软件帝国。盖茨是电脑天才，是管理天才，更是一个精通生活和经营人生的天才，他不仅创造了财富，而且把财富奉献给了社会！他还创造了"财富背后的财富"，那就是他根据自己的人生经验给青少年提出了11条准则，告诉青少年朋友如何做人，如何面对生活，如何走向成功的人生。

下面我们就引用比尔·盖茨的11条准则与大家共勉。第1条准则:适应生活。生活是不公平的,要去适应它。命运掌握在自己手中。第2条准则:成功是你的人格资本。这世界并不会在意你的自尊,这世界指望你在自我感觉良好之前先要有所成就。成功是人生的最高境界,成功可以改变你的人格和尊严,自负是愚蠢的。第3条准则:别希望不劳而获。成功不会自动降临,成功来自积极的努力,要分解目标,循序渐进,坚持到底。第4条准则:习惯律己。好习惯源于自我培养。第5条准则:不要忽视小事。平凡成就大事业。第6条准则:从错误中吸取教训。如果你陷入困境,那不是你父母的过错,所以不要尖声抱怨,要从中吸取教训。第7条准则:事事需自己动手。不要总靠别人活着,要凭借自己的力量前进。第8条准则:你往往只有一次机会。机遇是一种巨大的财富,机遇往往就那么一次,也许你"没有机会",但可以创造。第9条准则:时间在你手中。生活不分学期,决不要把今天的事情拖到明天。第10条准则:做该做的事。电视并不是真实的生活。在现实生活中,人们实际上得离开咖啡屋去干自己的工作。第11条准则:善待身边的所有人。善待他人就是善待自己,要用赞扬代替批评并主动适应对方。[①]

我相信,同学们只要认真思考,全面认识大学的性质和特点,准确定位,就一定能够适应大学,学有所成,抓住机遇,从容地应对各种挑战!

① 参见宿春礼:《比尔·盖茨给青少年的11条准则》,石油工业出版社2006年版。

台湾教育之启示

2006年4月14～23日，笔者有幸参加了山东省教师教育学会组织的赴台教育考察团。考察团一行23人（1名领队、4名指导教师、18名中学校长），先后拜会了台北市松山区敦化国民小学、桃园县中坜高级商业职业学校、启英高级中学、新竹光复中学、玄奘大学、埔里国民小学、普台国民中小学，游览了高雄市、台东县、花莲县、台北市、新竹市、台南市等，所到之处都得到了各个学校师生和相关部门管理人员的热烈欢迎和热情接待，同时考察团也带去了大陆人民对台湾同胞的亲切慰问。

考察团成员认真考察，遵守纪律，普遍反映收获很大。大家一直认为，这次考察不仅看到了台湾地区中小学以及大学的教育状况，学到了许多先进经验，而且还初步了解了台湾社会的发展态势，增进了两岸人民的友好交流，对推动我们的教育改革和教育管理具有重大启发。

一、台湾的大、中、小学普遍重视人文素养和个性教育

台湾大、中、小学在融合中西方文化教育方面做得较好，无论是传统的儒家文化，还是后来传入的佛教、基督教等，都能汲取有益的成分。所以比较重视人文素养的培育和学生个性化的发展，这在学校的校训、教育方针、培养目标、教学活动等方面都有所体现。

例如：南投县私立普台国民中小学提倡的是“三学一体”的教育理念。具体包括：一是“中学为体”，即以儒家父慈子孝、兄友弟恭的伦理思想为本体，培养学生正确的观念，启发良知良能；二是“佛法为

根”，即落实佛法因果观念为心性之根本，以此净化心灵，透过禅修教育培养慈悲、智慧与定力；三是“世学为用”，即培养学生有科技、语言、资讯、艺术等兴趣专长，造就社会精英、国家栋梁，使其能运用所学造福人类。其校训是“对上以敬，对下以慈，对人以和，对事以真”，核心是“敬慈和真”。“对上以敬”，就是用恭敬心去除怀慢心，培养谦虚好学、恭敬有礼的品德；“对下以慈”，就是老师对学生、学长对学弟学妹乃至人对鸟犬虫蚁等，皆能包容、关照、爱惜、教导，从而长养慈悲，化除暴戾；“对人以和”，就是同朋友之间相处，和谐圆融，去除粗暴言行，达到互信、互谅、合作、分享，从而为校园、社会、世界带来祥和与安定；“对事以真”，就是要用诚心去除懈怠、虚伪，培养直下承担的责任感，如此才能实实在在成就人的学业和事业。

在启英中学，其校训是“温馨满校园，知能样样全”，校长庄明辉博士说，这是他多年来的办学目标。在有计划的教育下，期盼能提升同学们的专业知识与学科能力，重视生活教育及增强挫折容忍度，强化学生的荣誉心，让学生毕业后能拥有三颗心，即“善良的心、谦卑的心、感恩的心”。

台北市松山区敦化国民小学的治校理念则是：落实学生第一、教学为先的教育理念；回归教育本质、能力本位的个性教育；营造民主开放、安全快乐的学校气氛；形塑优质典雅、共治共荣的校园文化。

台湾玄奘大学的办公楼大厅里正面墙上镶着“毅勤智德”的校训，其中就含有“教师五大教学核心能力”和“学生十大核心能力”的要求。教师应具备的五大核心能力是：教学设计能力，教学执行能力，教学辅导能力，教学评鉴能力，教学发展能力。学生的十大核心能力是：中文能力，英语能力，专业能力，服务能力，人际能力，沟通能力，才艺能力，自省能力，通识能力，资讯能力。这样的要求及其标示方式，在大陆各大学校是很少有的，这对改进我们的教育教学观念、深化教育改革无疑有着重大启发。

在硬件建设方面，我们考察的上述学校，在校园建设方面也突出了追求生活化、教育化景观的特点，可谓各具特色，各显风采。各校充分利用空间和自然环境，营造良好的教育情景。敦化国民小学的各个教学楼的名称根据其用途不同分别称为“至忠楼”“至孝楼”“至仁楼”“至真楼”“至善楼”“至爱楼”和“至美楼”。在普台国民中小学，环校园架起空中跑道，下面就是避雨的长廊，让学生一进校门就淋不到雨；为了便于学生学习外语，该校还分别修建了具有英国、日本、法国和西班牙四国风俗情景的讲授英语、日语、法语和西班牙语的教室，让学生亲身体验不同语言国家的文化环境，建立平等、包容、宽宏的世界观。各所学校的教学设施也非常健全，课外活动期间各种活动丰富多彩，艺术班、舞蹈班、手工制作班、游泳班、体操班等都有教师专门指导，学生们根据自己的爱好和特长，分别参加各种活动，他们倡导“教育111”为发展主轴的教育模式，即“一校一特色，一生一专长，一个都不少”，让学生有更多的发展平台，进行多样化的学习。

二、台湾学校普遍注重民主化管理

台湾学校的管理体制实行校长负责制，没有副校长，最多设一位秘书。校长领导下的所属机构有教务、学务、总务、训导、辅导(实习)、推广等部主任，决策能力较强。但校长权力也有制约：一是行政(教育部督导)督导制约，私立学校则有董事会的制约；二是学校都建有教师会，代表教师利益；三是家长会，既代表学生的利益，也协调学校与家长之间的关系。校长注重民主管理，真心诚意地征求各方面意见，采纳合理化建议。包括学校的校徽、校服、特色课程等都要经过家长会公投通过。董事会和教师会更是直接参与学校建设、管理事务，甚至可以提议罢免校长。

特别值得一提的，是台湾各个学校“家长会”的设立及其在参与学校管理中的重要作用。1999年修订的“台湾教育法”规定：“中小学校长遴选委员会应有家长会代表参与，其比例不得少于五分之一。校务会议由校长、全体专任教师或教师代表、家长会代表、职工代表组成。”近年来，家长参与学校管理的范围进一步扩大，凡是校长遴选、教师甄选、教科书评选、校务会议、课程发展等无所不包。在台湾，学校家长会的宗旨在于整合家长的力量，凝聚家长的共识，使家庭教育、学校教育紧密地结合，以保证学生的学习权在学校教育中得到落实，并吸纳社会资源，丰富学校教育，以多元化学习的实践推动实现学校社区化的理想。在我们考察的几所学校，都有家长会的代表出席座谈会。比如，在中坜高级商业职业学校，其家长会的代表是一位玄奘大学的副教授；在埔里国民小学，家长会副会长不仅出席了我们参加的座谈会，作了重要讲话，而且还一直陪同我们参观了学校的各种教学设施，观看了学生的演出。可以说，在台湾地区，学校的家长会已经成为学校管理中的一个重要机构，有专门的办公室，每天都有人值班，学校的一切重大问题家长会都积极参与，他们还自发捐款捐物，及时帮助学校解决一些棘手的问题，在协调学校与家长之间的关系方面以及在学校的基本建设方面都发挥了重要作用。

台湾学校充满人性化的管理也给我们留下了深刻的印象，充分体现了以人为本的管理观念。例如：在启英中学，学校设有教师休息室，课间为教师免费提供咖啡和糕点。当时我们到那里考察时，恰好遇上有十位教师过生日，董事长吴庆堂先生专门派人事部主任庄美容女士代表学校给十位教师举行了集体生日宴会。在那里，学校除关心教师专业发展之外，还经常利用庆生会、文娱活动等形式与教职员工进行思想交流、情感沟通。鼓励教师经常运动与休闲，参与社团活动，保持身心健康。

三、台湾教育界从业人员学历层次和社会地位普遍较高

在台湾期间，我们考察了三所小学、两所中学、一所高职学校和一所大学。无论是小学教师，还是大学教师，其学历层次普遍较高。中小学教师至少是师范本科毕业，综合大学的毕业生必须选修心理学、教育学分合格，经过甄选才能考师范大学的硕士生，毕业后由指定的考试机构组织教师资格考试，拿到资格证后，还必须到学校实习一年，才能到所需要的学校竞争上岗。在我们考察的几所学校中，校长、系主任，甚至中学的科主任大都是博士，交谈中能熟练使用英语，对计算机、现代网络也很在行。例如，台北市松山区敦化国民小学，学生1000多人，教师210名，其中博士67人，当时的校长周淑英女士也是在读博士。

同时，台湾还延续了儒家尊师重教的传统，教师职业很受尊敬。大学生就业的第一选择是教师，如在教育部门任职，月薪3万～4万元新台币，比同期公务员高约1万元新台币。任职后的待遇基本上是大锅饭，中小学教师不分级(当时正在学习大陆定级)，学校要解聘教师，必须经教师会同意，然后行政批准。所以他们把教师职业戏称为“金饭碗”。台湾中小学教师每周五天半工作日，教职工在正常情况下每年都晋升一级工资，表现佳、绩效好的年终还可以享受奖励。台湾教师的整体素质较高，待遇好，教师职业受到社会羡慕，每年教师缺员增补常引得数十倍持有教师资格证书的候选人竞聘。原因一是台湾教师属政府公务员系列，待遇略高于财政、银行职员，退休后的待遇优厚；二是教师职业稳定，教育主管部门在维护教师身心健康、倡导正当休闲活动、公开甄选教师等政策上，很受教师和社会认可；三是教育投资比例一般占财政预算35%以上，奖励教师机制得到教师的响应，提升了教师服务热忱。所以，教师自主进修，积极参与，与时俱进地接受培训，而且都很投入。

当然，在台湾，各级各类学校校长的任职压力都要比教师大得多，中学校长任职前先要经过一年培训(利用晚上、假日)，再参加统一考试(考试内容以行政管理、政策为主)，才能获得任职资格。任职后，各位校长都非常敬业，很多校长还要继续攻读学位，例如，台北市松山区敦化国民小学校长周淑英女士已经是连续在三所学校任职过十多年的老资历的校长，当时还在职攻读博士学位。可以说，每位校长都是德才兼备、百里挑一的行家里手。因为校长对学校的领导是思想上的领导，一所学校的文化传承要靠校长。在台湾，校长已实现了专业化。在学校做满六年主任才有资格去考校长执照，要成为一所学校的校长，还要参加校长遴选，遴选委员会一般由行政主管部门、教师代表、家长代表、校长代表和专家组成。校长任期一般四年，能否连任由教师说了算，最多连任两届，就必须更换到别的学校去做校长。公立学校只有一位校长，校长工资一般要高出教师很多，并且有校长特支费，但校长绝对不能用公款请吃，以至于一些台湾的校长开玩笑地说，在台湾做校长有“三权”，即“赤手空拳，有责无权，泪如涌泉”。如此强烈的教育家情怀和教育智慧，实在令人敬佩。

四、台湾民众整体素养高，普遍渴望和平统一

我们在台湾考察期间最深刻的印象，就是那里的民众整体素养高，对大陆同胞十分友好，对教育交流非常热情，普遍渴望和平统一。具体体现在如下几方面：

1.在台湾我们所到之处各个学校的师生以及社会成员都非常亲切热情，讲究礼貌。我们考察团所到学校都有明显的欢迎牌，受到热烈的欢迎，所访问的学校都精心组织，校长亲自接待，主持座谈会。有的还列队欢迎，地方教育部门和民间组织有关人士也到场会见洽谈。参加会谈的各位教师和学生都热情大方，亲切友善，处处体现了血浓于水的情景。最令人难以忘怀的是我们在台北华国大酒店的电梯里遇到了台湾的青岛老乡，他们听我们说话得知我们是山东人，就非常热情地邀请我们在酒店平台喝咖啡，急切地了解故乡的发展变化，渴望海峡两岸的统一。可以说，走在台湾的大街小巷，你会看到“至诚”“至真”“至善”等路名的诉说，伟大的思想家、教育家“孔子”塑像在许多学校静静伫立，《论语》在博物馆、文化馆等地的启迪无不彰显着中华优秀传统文化的渗透。而接待人员的热情主动，司机、服务员的彬彬有礼，大街小巷的洁净清新，无不流淌着人文的血液。

2.台湾的导游专业素养好。接待我们的导游是李国栋先生，他待人接物特别亲切实在，服务周到仔细，无论是住宿安排，还是考察参观，都安排得非常紧凑而不紧张，活动有趣而安全，所到之处他还自掏腰包给我们买当地的水果，让我们时刻体验到台湾的富饶和台湾人的热情和亲切。同时，他对国际政治经济以及台湾的发展也比较了解，当我们问到一些政治问题时他都能谈出自己的看法，深得考察团成员的称赞。例如:他给我们介绍高雄市的情况时就说:高雄是工业城市,劳工阶层占多数,人们很勤劳,也很受苦。过去几十年日子比较好过,但这十几年不好过。可能再过一段才能过上好日子。相信海峡两岸的“三通”会给台湾人民带来好收入,说大陆搞“统战”台湾不接受,大陆送熊猫台湾不接受,那是没有自信的表现。他说,这几年台湾政治舞台上像义和团,现在连战带了一大批著名企业家到北京访问,前几年很多人怕带红帽子,但今天已经不再考虑那些了。

3.宾馆的服务员文明服务,商店、书店的售货员也特别有礼貌,真正把顾客视为上帝,讲究诚信,微笑服务,与香港某些旅游购物区形成鲜明对比。香港的个别导游旅游行程还没有结束就索要小费,拿到小费后就不再热情讲解。香港一些购物区(卖出的物品不同的人开不同的价)多看重钱,而台湾的服务员多看重诚信服务。一个最深刻的体会是:我们在台湾一家金银首饰店购买项链,前一批购买的人少、价格相对高些,后面购买的人多、通过讨价还价价格降低了些。对此,售货员是先给前一批人退了款才给后面的人发货。台湾人的真诚让大家很感动,很多人没有接受退款,而是把剩余的款项又购买了其他商品。

4.台湾的社会结构呈现的是橄榄球式的态势。台湾的社会结构不是一个金字塔式的社会,贫富悬殊不是太大,社会矛盾也不突出,人们普遍有教养,懂礼貌。李国栋导游讲,台湾民众比较崇尚民主。他认为衡量一个社会是否民主,无非有如下标准:一是看公民社会是否健全;二是看是否属于法治社会;三是看是否有一个成熟的中产阶级;四是看政党政治是否完善;五是看是否有真正的言论自由;六是看司法是否独立(台湾在这方面还不够)。应该说,李导讲的不无道理,对我们这些教育者、特别是对我这个搞思想政治教育的人来说启发是多方面的。

5.台湾人民讲究民主,渴望和平,反对台独。据李国栋导游介绍,陈水扁执政以来,其腐败的程度远远超过了国民党几十年来的腐败程度。现在的台湾人开始清醒了，真是受了历史教育。他说如果让没有远大理想的人掌握政权，就会无止境地贪赃枉法。李导游还说，从地理位置上看，大陆的水是由西往东流，而台湾岛上的水则是由东往西流（因为东部是山，东高西低），这是水脉相连的必然结果。这或许预示着，最终海峡两岸的统一将是水到渠成！

五、台湾见闻启发颇深

我们在台湾教育考察的行程路线，基本上是环岛绕行一周。在考察了解台湾的大、中、小学教育现状的同时，也领略了台湾宝岛的自然美景和台湾民众的人格魅力。在我看来，台湾的社会风尚、教育教学、人文素养等方面的魅力远远超过其自然的美。

特别是当我们沿台湾东海岸一路北上，途经北回归线和蒋经国当年领导建筑的高山险路时，设身处地地想象到了当年建设的艰难和风险，令人感叹！途中参观了三仙岛、小野柳风景区（海边形成了各种各样的石头造型，有烛台、英国女王头像、蘑菇石等），游览了太鲁阁公园，在台北还参观了故宫博物院、中山纪念堂和台湾最高楼101楼。该楼高546米，建筑面积7600平方米，投资581亿元新台币，始建于1997年，2003年竣工。实际上是投资者判断失误所致。他们认为，1997年香港回归后，香港的世界贸易、金融、航运等中心地位会丧失，台湾想借机取代香港的地位，结果大楼建起来后盈利很少，大失所望。这件事再次体现了政治与经济的密切关系，同时也反映了当政者决策不科学带来的危害。

对我来说，这次考察还有一个意外收获，那就是李国栋导游推荐的《世纪行迹——张学良》和《世纪宋美龄》光盘。观看之后，不仅被一代风流人物所折服，而且还对中华民族的近现代历史有了新的深刻认识。就张学良个人来说，风流倜傥的戎马生涯由于其发动的西安事变而中断，尔后在蒋介石的软禁中度过大半人生；而另一方面，中华民族的历史却由于张学良、杨虎城发动的西安事变而改写。西安事变的和平解决对国共两党的再次合作、团结抗日起了重大的推动作用，为抗日民族统一战线的建立准备了必要的前提，成为由国内战争走向抗日战争的转折点，成为时局转换的枢纽。所以，直到生命的最后阶段，张学良对发动西安事变都表示绝无悔意。而通过观看《世纪宋美龄》，笔者更加认识到教育方式、教育内容和教育程度对人生的重大影响。宋美龄虽然从小接受的西方式教育，但她能够把西方先进的思想与中国人的尊严和气质有机地结合在一起，特别是在抗日战争时期她前往美国国会作演讲，强烈谴责日本帝国主义的侵略行为，对推动世界人民团结起来共同反对法西斯发挥了无与伦比的作用，充分展示了她的政治智慧和女性的魅力！宋美龄的人生跨越三个世纪，长时间处于政治权力的中心，见证了中国历史的百年风云。她的婚姻，她的政治生涯，她和蒋、孔、宋三大家族的关系，一直是世人争论的焦点。她的政治立场，她的浮夸、奢华一直为世人诟病，而她的魅力、她的外交才能也曾倾倒过无数人。她挣脱了那个时代对女性的束缚，在国际舞台上大放异彩；她改变了外国人对中国的印象，甚至在美国刮起了“宋美龄旋风”；她反对国家分裂，期盼海峡两岸和平统一和中华民族的伟大兴盛……总之，她是一个传奇。也正是这种传奇吸引着我，想尽办法购买了光盘，回来利用课余时间放给学生看，想必对学生思考问题会产生较大影响。

总之，这次出访考察收获颇多，其意义远远超出教育考察本身。所见所闻、所思所想，尽管是走马观花的瞬间感悟，但这一切对笔者重新认识台湾社会特别是台湾教育状况有着重大意义，对今后的教育科研工作也必将产生深远影响。

关于人才培养问题的几点思考*

我国是一个人力资源大国，但不是人才资源大国，人才是奇缺的、稀有的，尤其是高层人才严重缺乏。新时代的大学生如何使自己成为国家发展、社会需要的有用人才，需要做好哪些储备，这是今天我们所要交流的核心。

一、关于人才的界定

何谓人才，人们的观点不一。有人侧重从学历、职称的层面去界定，认为具有高级职称以上的人，属于高级人才。

另一种观点认为，高素质人才是指接受了很深的正规教育的人才。科技人才是指具备很多科技知识的人才，商业人才是指商业管理方面接受过良好、专门训练的人才，或者具有很多管理知识的人才。根据这种定义，如果一个社会、一个国家重视高素质人才的培养，就应该重视对教育的投资，努力办大学，办研究院，开设商学院。我非常同意这种定义。

对高素质的人才还有另外一种定义，强调人才主要是指那些有独立思考能力、有智慧的人。他们勇于冒险，很有进取精神，总有不同的观点。这种素质不像科技知识、财会知识那样，那么有结构性、系统性，但是这类人才对经济的发展作用往往是巨大的。

我们认为，人才应包括三个层次：高层次的人才是指有创新能力的人，即能够不断地进行发明创造；中等层次的人才是指能适应各种

---

* 2006年10月10日应学生处邀请给学生作的“成长·成才”辅导报告。

不同环境的人，善于管理；低层次的人才是指具有一定的专业技能的人。是不是人才，关键看其是否具有创新精神和创新能力，而不是简单地以文凭论英雄。美国微软公司的两个创始者，一个大学没有毕业，一个高中没有毕业，要用常规的方式来衡量他们，他们不是杰出的人才，但是实际上他们却非常杰出。美国戴尔公司的创始人也是大学没有毕业。我举这些例子不是说这些优秀的创业者不具备常规的人才素质，如果他们继续在大学学下去，很可能是非常优秀的学生。当然，这也不是鼓励同学们都退学去创业，仅仅是提出一种精神或对人才内涵的注释。他们的成功在于勇于突破常规，勇于放弃稳定的进取途径，是非常难得的。财会人员或者是部门经理总是可以在市场上雇到的，但是一个创业人才，市场往往是不能提供的。所以，我们这里强调的是鼓励同学们培养创新意识和创新精神。

二、国际人才争夺对中国的挑战

一位日本外交官曾对他的中国朋友说："我们 70 年内不怕中国赶上日本，因为你们的中青年科技人才缺乏……"尽管这位日本外交官的话有些玄虚，但中国高层次人才的缺乏却是事实。古人说得好，"为政之要，唯在得人"，"能安天下者，唯在用得贤才"，"得人才者，得天下"。这些至理名言无疑是古今中外所有国家兴衰、企业兴亡经验教训的总结。

随着人类历史从工业经济时代迈向知识经济时代，全球人才争夺大战也拉开了帷幕。据资料显示，科学家数量居世界之首的美国，仍缺乏各类高科技人才。根据美国全国科学基金会统计，2000 年美国缺乏 45 万化学、生物、物理等学科的科技人才，而到 2006 年这方面的人才将缺少 67 万。另据美国劳工部预计，美国需要 100 万具有掌握软件技能的人才，今后 5 年每年至少需要 9.5 万名电脑专家，而国内的培养只能满足需求的 1/3 左右。欧盟国家 2000 年缺少 123 万信息技术人才，今年将缺少 156 万，2002 年将缺少 174 万，特别是兼备技术和经济两方面知识的人才极为短缺。联合国的一项调查表明,1999 年日本 60 岁以上人口已占全国人口的 23%,随着人口增长率降至二战结束以来的最低水平,人口老化问题日趋严重,日本需要引进各类专业人才。据估计,今后十年日本将缺少 200 万甚至更多的科技人才。由于发展中国家的教育滞后和大量人才外流,广大发展中国家更是普遍缺少科技和管理人才。

为缓解人才供求矛盾,很多国家都在增加教育投资,增加企业培训经费,加快人才培养。除国内加强教育和培训工作外,发达国家还在国际上展开了激烈的人才争夺战。其主要手段或途径是:

其一,招收留学生。2000 年 4 月在北京举办的八国集团教育部长会议的两大议题是“促进国际交流”以及“教育改革和信息通信技术”。会议发表的联合宣言表示,今后 10 年内将大幅度增加八国互换留学生。到 2010 年,日本接纳的外国留学生总数将从目前的约 5.6万人增加到 10 万人以上。SAT 和 ACT 这两种美国高考形式,已于近两年悄然出现在中国。SAT 在没做任何宣传的前提下,仅在北京吸引的中国考生,从 2005 年的近 600 人,到今年猛增为 1500 余人。许多原本考北大、清华的尖子生纷纷开始备战美国高考。有专家认为,如以此趋势发展,美国高校将真正成为中国高校的竞争者,并将对中国高考环境产生影响。

其二,研究机构招聘人才。美国 720 多个联邦研究开发实验室中的不少单位招聘和引进国外著名科学家。20 世纪上半期,美国引进包括著名物理学家爱因斯坦、航天工业专家冯卡门和核物理学家费米等在内的 2000 多名科学家,集中在美国一些主要实验室和研究开发机构。美国核武器的研制、阿波罗登月计划的实施、计算机的诞生和应用,在很大程度上都是依靠移居美国的科学家们实现的。德国政府最近提出计划,将在近期内从欧盟之外的俄罗斯、东欧国家、中国和印度,招聘 3 万多名信息技术人才,参与德国的研究与开发工作。

其三,许多企业大量引进人才。美国电子行业聘用的外籍科技人才占企业科技人员的 16%,在美国 59%的高科技公司里,外籍科学家和工程师占 90%,目前在计算机产业领域的博士中 50%以上是外国人。在“硅谷”企业工作的外籍高级工程师和科学家占33%以上。特别是中国和印度，已经成为为美国提供人才最多的国家。据报道，在美国硅谷20万名工程技术人员中，有6万名中国人；在硅谷的2000家企业中，40%的企业是印度人领导的。在美国微软公司的2万名职工中，印度人就有2000名。印度每年培养7.5万名信息技术专家，其中多数是为美国培养的，而费用则是由印度的纳税者支付的。1998年，来自印度6所名牌大学的80%的毕业生同美国的大学和企业签了合同。而在中国，最著名的清华大学和北京大学涉及高科技专业的毕业生有82%和76%去了美国。有关统计资料显示，中国移居美国的本科以上的各类专业人才已达45万多人。人才不仅流向美国，在欧洲也是如此。有人说，如今只要到芬兰的诺基亚公司走一圈，就会看到很多来自包括中国在内的发展中国家的科技和管理人员。

其四，跨国公司到其他国家办企业或设立研究机构，招聘所在国家的专业人才。有关资料统计显示，到1999年底，英特尔公司和微软公司分别在中国上海和北京建立了研究开发机构。2000年3月，朗讯公司、美国国家半导体公司和摩托罗拉公司分别在北京创建了研究开发机构，目标是直接借用中国人才从制造本地化转向研究开发本地化，最终完成本地化和全球化的重合。在这里不得不提到的是美国的猎头公司。

一般来说，美国公司的人才招聘来自于两个途径：一是公司亲自出马，二是委托猎头公司代劳。猎头这个词诞生于二战后。当时美国政府从世界各地网罗各类科技人才，即首先发现“目标”，然后不遗余力地掠取，颇有一点狩猎的味道。猎头在英文中贬义成分居多，所以猎头公司把自己称为“经理招聘员”。美国的猎头公司无处不在，仅纽约就有几百家。猎头公司少则一人，多则几十人，几部电话及几台电脑加一间办公室，便可以投入运营。大至著名企业的首席执行官，小至一般的科技、金融等各类专业人才，都离不开猎头公司的鼎力相助。这种看起来拆东墙补西墙的行当，客观上起到了“人尽其才”的作用。

其五，采取吸引人才的各种优惠政策。为了更多、更快地引进优秀人才，发达国家还采取了系列优惠措施：(1)放宽对优秀人才移民的限制。1998 年美国国会通过一项法案，将 1999 年和 2000 年 H-IB 签证名额从 6.5 万增加到 11.5 万。2000 年 2 月 9 日，一些议员要求在今后 3 年内将此类签证名额增加到 19.5 万。瑞典近年来也实行“积极的移民政策”，大力招揽国内短缺的人才。芬兰的移民政策历来保守，但对国外高技术人才却尽量降低门槛。英国也在考虑放宽对高科技人才及其家属发放永久居留许可证的条件。(2)提供优厚的物质和生活待遇。目前一些发达国家尽管仍存在民族歧视，但对有突出贡献或成就的精英，是提供很优厚的待遇的。(3)创造良好的研究开发、创新条件和环境，“筑巢引凤”，引进大量优秀人才。

由上述情况可见，当今的发展中国家从很大程度上反而成了发达国家取之不尽的信息技术人才的“养鱼池”。这对发展中国家来说，无疑更是深层的挑战。面对全球人才争夺战愈演愈烈的局势，我们不得不思考的一个问题是，中国作为一个发展中大国，不仅要加强对人才的培养，而且还要想方设法留住人才、用好人才。比尔·盖茨 1997 年 12 月 2 日在清华的演讲中就曾指出：“用人之道学问深奥。只要人才挖准了，用好了，留住了，原有的大企业就可保持昔日辉煌，仍能立足不败之地。最要紧的是不让优秀人才流失！”

三、高素质人才的培养

一个国家、一个社会应怎样培养这种创业人才呢？很多人认为这种创业人才是天生的，是无法培养出来的。这种说法当然是很有道理的，因为创业人才的定义系统性、结构性不是很强，而正规教育强调的是系统性、结构性。我们在设计或改革教育体制的同时，至少应该设立一种机制，去鼓励或者不去压制这一类人才，使这类人才不会泯灭。这是我们可以做到的。

其一，要尊重个人的意愿。这种尊重体现在专业选择、就业选择方面应该更加灵活。传统的思想往往非常强调专业对口。这种做法在一定的时期和阶段是有合理性的，但是在新经济环境下，这种硬性规定的缺点就逐渐显示出来了。在新经济环境下，新情况不断发现，新产品不断出现，新技术不断被发明出来，硬性地要求专业对口，或者把专业分得非常细，可能会抑制创业精神。

其二，降低发挥创业能力的成本。人是理性的动物，人在做每一个决定的时候，都要考虑这样做的好处和坏处以及损、益的比例。只有在好处大于坏处的时候，人才会做他想做的事情。比尔·盖茨中途决定退出哈佛大学，当然可以说他很有勇气，很有远见。但是他也完全清楚，如果他创业失败，他还可以回到哈佛大学继续完成学业。如果今天离开了，就永远不能回来了，也许比尔·盖茨这样的人才考虑这个问题的时候就是另外的方式了，好处和坏处的比例就会发生变化。当然这只是假设。中途辍学创业，比尔·盖茨成功了，但是很多人却失败了。如果一个社会因为他们创业失败就惩罚他们的话，这类创业人才可能就会很压抑。在美国，创业失败不会受到社会的惩罚，这种体制降低了创业成本。当然，文化是很难从一个国家搬到另外一个国家的，但是制度是可以设计的。如果设计教育制度时考虑到这个问题，也许会对鼓励创业有所帮助。

其三，改革教育方式，侧重提高学生独立判断和独立思考的能力，侧重对学生口才的培养。这些能力都是一个创业者必须具备的能力，很难通过标准的考试培养出来。如果一个社会强调创新和创业精神，还过多地要求学生考试，而且是很难的考试，可能会压制这方面的人才。我的做法是日常教学要求严格，注重对学生动手、动脑思考能力的培养，而不太关注考试分数的高低。希望同学们在教育改革的新形势下，在追求个性发展、自由发展的过程中，找准自己的定位，在大学期间学有所成，健康成长！

关于课堂教学设计的几点体会*

教务处让我在青年教师课堂教学培训班上谈谈课堂教学设计问题，我有些惶恐，因为我没有经过师范院校的专门学习和训练，从理论上很难阐述课堂设计的原则和规范。但对学校组织的这次活动我非常乐意参加。在这里，我只能是根据自己多年来课堂教学的一些实践，谈几点体会，与大家共勉，不当之处请各位老师批评指正。

个人理解，课堂设计就是对如何讲好一节课的一种教学内容结构的逻辑安排和授课方法的灵活运用。由于各个学科专业的不同和各门课程内容特点的不同，以及每节课知识分布的不同，其具体课堂的设计也应该是灵活多样的，不可能千篇一律。下面结合我讲授的《当代世界经济与政治》课程的特点，讲几点注意事项和体会。

一、课堂教学目标要明确

有人说，教学目标是课堂教学的灵魂。没有目标，学生听起来就会迷迷糊糊。所以，我认为每堂课都应该开门见山，明确本堂课的教学目标。一般说来，一堂课的教学目标通常有三个：

1. 知识目标——根据本节课的教学内容，要求学生做到了解、理解或掌握相关知识，基本技能应达到相应的水平。

2. 能力目标——在讲授知识或引导学生探究知识的同时，应注意对学生进行包括学习能力在内的相关能力的培养、潜能的开发及综合素质的提高。

---

* 2006年10月19日在青年教师课堂教学培训班上的辅导报告。

3.情感目标或思想目标——即根据课堂内容的特点，对学生进行政治思想和道德品质的教育。例如：我在讲授《当代世界经济与政治》这门课时，首先用多媒体课件把教学目标呈现如下：

> **知识目标**：通过对当今世界经济、政治、科技、文化发展的基本状况、运行规律和发展趋势及其相互关系的讲授和学习，使学生系统了解当今世界经济与政治格局演变及其发展趋势，把握国际经济与政治发展的新特点，明晰主要国际力量在经济、政治、对外关系和对外战略方面的地位、作用、影响、发展变化及其原因。
>
> **能力目标**：通过对学生进行马克思主义关于当代世界经济与政治的基本观点、邓小平的国际战略思想和我国外交政策的教育，使学生能够运用马克思主义的宽广视野来观察世界、了解世界，理解和把握我国的外交政策和国际战略，对当代世界的经济与政治有一个系统的、整体的了解和认识，能对当前和今后的国际形势的发展变化和国际社会中的各种现象和问题具有一定的分析和识别能力。
>
> **情感目标**：通过这门课的学习，提高学生的整体意识、全球意识和爱国意识；使学生能够全面地认识国际形势，掌握我国的外交政策和国际战略，真正做到“胸怀祖国，放眼世界”；使学生在了解世界主要大国以及各种政治力量兴衰存亡的经验教训基础上，树立为国家富强和民族振兴、为人类的共同繁荣与进步而奋斗的理想和信念。

以上是这门课程的总教学目标。需要说明的是：大学生不同于中学生和小学生，其理解能力和反思能力都很强，特别是对文科学生的教学来说，教学目标不一定是非要在黑板上写出来或用多媒体课件呈现出来，而是需要渗透到课程教学过程之中，通过课程内容的讲解以及教学方法的灵活运用，使教学目标在润物细无声中得以实现。简单地说，教学目标是在教师的脑海里和心坎上，需要教师用心和用脑去体现，通过课堂内容的构建与讲授使听众得以体验。

二、课堂教学内容要科学

为实现教学目标，完成教学内容，课堂教学内容的设计就要系统科学。

1. 教学环节应当层次分明，合理有序，衔接紧凑，过渡自然。从程序上讲，课堂教学环节包括新课导入、内容讲解、总结、练习几个环节，这些环节要衔接紧凑，自然过渡。听起来流畅自如，而不是在为完成各个环节而教学。

2. 课堂内容的设计要做到科学性与思想性相统一，逻辑性与系统性相统一，遵循可接受性原则，突出重点，分散难点，密度适宜，循序渐进。具体包括：一要根据学生的知识结构和认知水平确定授课内容的深浅和逻辑排序，使各类学生在课堂教学的各个环节中有效地获取更多的知识、技能。二要按照由浅入深、分层递进的逻辑顺序，使授课内容环环相扣，富有吸引力。三是课堂教学内容要前后照应，互相衔接，不能断章取义，破坏一堂课在整个教学体系中的作用和影响。看起来生动的课有可能会冲淡了以后重点章节难点的突破和兴趣的调动。

仍以《当代世界经济与政治》这门课为例，在讲授课程内容之前，在宏观上先把各章节的重点和难点分列出来，多媒体课件呈现如下：

《当代世界经济与政治》重点与难点分列表

教学章节	教学重点	教学难点
绪论	课程性质、研究对象、内容体系	课程性质、特点与国际热点问题
第一章	世界经济、世界经济格局	世界经济一体化与经济全球化
第二章	世界政治、世界政治格局	世界政治格局演变规律
第三章	主权国家在国际社会的权利与义务	国际组织的类型、地位和作用
第四章	世界和平与发展问题	怎样建立国际新秩序
第五章	美国的政治、经济与对外战略	美国对外战略的演变及其实质
第六章	欧洲的分裂与统一	欧洲一体化的发展趋势和影响
第七章	战后日本的民主改革及经济发展特点	日本的军事战略和对外战略走向
第八章	俄罗斯政治经济发展走向及国际地位	俄罗斯的改革及其外交战略
第九章	发展中国家政治经济的发展类型	全球化时代发展中国家发展问题
第十章	中国在世界上的地位和作用	中国外交政策的内容与宗旨、 冷战后中国对外战略的选择及意义

在这里，采用的方法是，在学生认识课程知识所属的每棵小树之前，先给学生呈现出一片知识的森林，然后再带领学生去认识森林中每棵小树的特点及其相互联系，进而探究走向知识森林的方法和路径。

3. 课堂内容的呈现要条理清晰、简明扼要，避免运用各种深奥的词汇过分渲染；课件演示要重视感知，建立表象；课堂调控要因势利导，有序教学。仍以《当代世界经济与政治》这门课为例，在讲授第二章第二节“战后世界政治格局演变”时，特别是讲到第三个问题“两大阵营的对峙”时，用一张多媒体课件呈现出所有内容，给学生一个整体观念和宽阔的知识视野（见多媒体课件，如下图所示）：

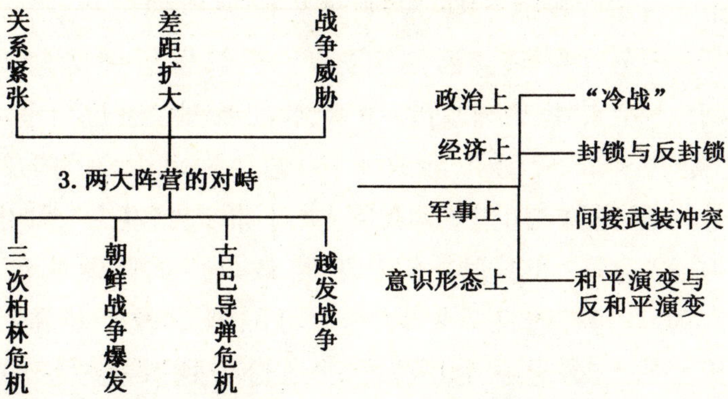

我们知道，生命活动存在一定的节律，需要有张有弛，课堂设计必须要处理好在哪些章节重点用力，在哪些章节做过渡衔接处理。这样才能突出重点，让学生学起来有纲领可抓。

三、课堂教学方法要灵活

教学不单是一门科学，同时也是一门艺术。教学艺术水平的高低，反映了教师教学基本功以及其他相关能力的强弱。心理学认为，无论是口头语言、面部语言（表情）还是身体语言（动作），都是人与人进行交流的工具，也是正常人用来思维的武器。因此，在课堂教学中，教师生动的口头叙述、丰富的面部表情、极具感染力的动作姿势，是创设良好教学情境的重要条件。从教师信赖的目光中，学生会感受到鼓舞和力量；从教师得体的手势里，学生会领悟出"此时无声胜有声"的神韵；从教师抑扬顿挫的话语中，学生会有仿佛陶醉在美妙的乐章里的体验。这也正是课堂教学不同于网络授课的奥妙所在。

我认为上述这些有声语言和态势语言就构成了教师课堂教学的风格。既然是风格，就不可能是一样的。也就是说，当教师具备一定的知识素养后，教师的个性特点就成了影响课堂效果的决定性因素。教师只有分析好自己的个性特点之后，才能结合学情，扬长避短，在教学实践中提高教学质量，形成自己的风格。正确认识自己，了解自己的风格，就会有生动而富有特色的课堂，也就会有生动而有个性的学生。

就我个人来说，我的语音、语调和肢体表达的感染力都不是我的长处，但我可以充分发挥自己知识面广、逻辑思维能力较好、有一定的亲和力、有一定计算机辅助教学技术的长处，通过计算机网络技术，为学生提供丰富、贴近生活的材料，创设生动而深刻的问题情境，引导学生进入深刻思考的课堂氛围，并不断进行生生、师生互动，台上台下共鸣，以达到“亲其师，信其道”之效果。具体做法包括：

1.努力为学生营造良好的自主学习的课堂教学氛围，激活学生的创新意识，鼓励、诱导学生积极主动地参与到课堂教学中来。支持学生积极思维，勇于探索，或解答，或讨论，或质疑，或交流。通过这种充满信任、情景交融、民主开放的课堂教学，使学生的思维能力、知识水平和人格身心在紧张（适度的）和愉悦中都得到自由和谐的发展。仍以《当代世界经济与政治》这门课为例，在讲授战后美国历届政府的对外战略时，我会提前把美国历任总统的简介发给学生，组织学生分组讨论，找出美国历任总统内政外交的特点，每个小组选出代表在课堂上发表对美国历任总统外交战略的看法，在调动学生学习积极性的同时，引导学生提升探究能力。

2.教师应当善于变换自己的角色，不仅当好知识的传授者，更应使自己成为学生学习知识的诱导者、鉴赏者（鉴别、赏析学生学习、研究的成果价值）。同时，教师还应努力创造条件，使学生变知识的被动接受者为知识的积极探索者、发现者和创造者，有意识地指导学生改进学习方法，不断提高学生的学习能力。

3.教师要根据听课对象的不同，做到因材施教。从我们学校现有的学生构成来说，有成人教育、高职专科教育和普通本科教育等不同学历层次，还有文理科的区别；就同一个课堂来说，还存在学生听课认真与不认真的情况，而且有的基础较好，有的基础较差。要上好每一堂课，在做好充分准备的同时，需要即兴发挥，观察学生的反应，及时调整教学内容的深浅度，做到因势利导，因材施教。

4.教师讲课要做到深入浅出，不要认为讲得越悬乎越显得深奥。根据多年的教学经验，把一个平淡的问题有趣地讲，把深奥的知识简单地讲，效果往往会更好。当然，要做到这些，需要课下多下功夫，对所授知识高度提炼，精益求精。记得我刚走上教师岗位不久，一位外语教师曾对我讲过她的一次因备课疏忽所造成的遗憾，由于一个陌生的外语单词课前没有查准，授课过程卡了壳，实在讲不下去了就让学生自己看书，直到下课后她查阅了外语词典才解决了难题。但这件事在她心中留下了阴影，使她每次上课前都特别紧张，讲课缺乏自信。这也给我敲了警钟：无论讲过多少遍的课，都必须认真备课，时刻不能懈怠。

5. 教师讲课要做到教不越位，学要到位；师生对话要做到轻松交流，积极思维；老师指导要关注差异，合理有效。目的在于使课堂气氛活泼有序、轻松愉悦，富有感染力和磁力。

四、课堂教学要注重实效

我一直认为一堂好课必须要注重学生时间投入和效果产出的关系，即效率问题。虽然现在提倡研究性学习或网络教学，但我们在采用这些方法之前一定要仔细考虑这些方法或手段能否被替代。如果能替代就采用最简单的方法，反之则分析其最佳作用点和最佳使用时机。

一堂好课应该使学生以较少的时间和精力投入获得广泛而深刻的知识和见识，为此教师就需要以自己时间和精力的大量投入换得学生一节课高效率的收获。我很不赞成大学教师为自己的一堂课，动员学生花 2～3 周时间查资料，准备角色扮演，甚至完全让学生来讲课，这样不仅不会提高学习效率，而且还耽误了学生对基础知识的学习，更重要的是，学生在很大程度上成了教师上课的道具，而不是学习的主体。当然，我赞成研究性学习，但任何学习方法或教学方法的采用，都必须以提高学生的学习效率为前提。为此，课堂教学要注意两个问题：

1. 要有的放矢。我们这里说的有的放矢，是指对教材内容或课堂教学的难易程度和学生现有的知识水平及其接受程度做到心中有数，避免教学中的盲目性和主观臆想。课堂上讲解的内容和提问一定是建立在学生已有水平基础之上的提升，既避免对浅显知识的重复，又要防止脱离教材的任意拔高，更要注意对所讲内容的正面引导。过去曾经听过一堂德育课，老师讲了六个案例，不是自杀的，就是拜金的，还有损人利己的等，由于事例多是消极的，长此以往就会使整个课程变得灰暗起来，不利于引导学生树立正确的人生观、价值观和世界观。实际上，其他学科教师也需要注意同样的问题。教书和育人是统一的，只有在教书的过程中完成育人的使命，才能收到良好的教学效果。

2. 要建立融洽的师生关系。融洽的师生关系是实现课堂教学最佳效果的必备条件和现实基础。一方面，教师要热爱学生，理解学生，热爱科学知识，热爱教学工作，平等对待学生；另一方面学生要尊敬师长，遵守课堂纪律，自觉维护教学秩序。如果只靠点名维持学生的到课率，无疑是课堂教学的悲哀，更是教师教学的失败！改变这种状况的主导者是教师。教师必须要认真检点自己的言行并做好教学内容的设计，更要与学生平等交流，形成共识。只有师生思想一致，团结一心，才能实现教学目标，收到良好的教学效果。

五、课堂教学要充满激情

作为教师，上课就像农民种田、渔民打鱼一样，是一种职业，也是一项事业。作为一名称职的教师，要上好每一堂课，必须把课堂作为战场，既要当好演员，又要当好导演，全身心地投入。

根据多年来的教学体验，我认为无论是在哪里，无论是上什么课，无论是讲过多少遍，课前都要进行充分的备课。所谓备课，不单是在纸面上备课，而且还要心中备课，做到对课程内容的融会贯通。讲什么？如何讲？什么是重点？什么地方学生难以理解？都要做到心中有数。这样一来，讲课就不会是在讲“教材”，而是在讲一个知识、一个道理、一种精神。全身心地投入讲课，有时会在天气不热的情况下讲出一身汗。教师充满激情，充分调动学生的情绪，课堂才能呈现生机与活力！

在我看来，要上好一堂课，不仅要有知识及经验的积累、方式方法的不断创新，而且还需要一个教师有强烈的责任心和对教学、对学生的热爱之心，努力达到王国维先生提出的治学“三境界”：第一境界是“昨夜西风凋碧树，独上高楼，望尽天涯路”。萧瑟的秋风中，游子登高望远，怀念亲人，见不到又音信难通，就如一名教师刚开始做学问时那种对知识的惆怅迷惘的心情跃然纸上。而作为一个做学问者，首先要高瞻远瞩，认清前人所走的路，也就是说，总结和学习前人的经验是做学问的起点。第二境界是“衣带渐宽终不悔，为伊消得人憔悴”。沉溺于热恋中的情人对爱情十分执着，虽然人消瘦了，但决不后悔。学者在追求知识的过程中也应表现出一种认定了目标就呕心沥血、孜孜以求的执着精神。作为一名教师，教学备课应深思熟虑，就像热恋中的情人那样热切、不惜一切地追求自己的目标。第三境界是“众里寻他千百度，蓦然回首，那人却在灯火阑珊处”。也就是说，没有千百度的上下求索，就不会有瞬间的顿悟。作为一名教师，只有经过长期学习和苦苦钻研，才能够功到自然成，一朝顿悟，发前人所未发之秘，辟前人所未辟之境。

常言道：“世上无难事，只怕有心人。”只要我们努力去做，就一定会取得收获！祝愿大家取得成功！

读书与思考*

由图书馆发起的“构建书香校园文化建设活动”非常好，我作为一名教师积极响应。我虽然很喜欢读书，但让我讲方法还真讲不出多少。在我看来，读书动机不同，方法就会不同；而不同性格、品味的人读书的方法也会有所差异。有的人把读书作为一种享受，那样读书就不用讲究方法和场景；而有的人读书是为了获取知识，那就需要讲究技巧；而有的人读书是为了获取智慧，那就需要边读边思。

一、我们为什么提倡读书

据中国新闻出版研究院组织的第九次全国国民阅读调查，2011年，中国人均读书 4.3 本，而韩国人均读书 11 本，法国人均读书 20 本，日本人均读书 40 本，美国人均读书 50 本，俄罗斯人均读书 55 本。很显然，这样的读书量与我们这个人口大国和经济强国很不相称。读书无用论似乎又在盛行，甚至有人认为当今网络发达，信息源众多，读书“OUT”了。

在这样的背景下，我校图书馆发起的“构建书香校园文化建设活动”非常及时，也很值得称赞。实际上，当今世界很多国家把阅读当作“总统工程”，美国、法国、德国、日本等国家都由元首、王室出面倡导阅读。英国政府拨款数千万英镑资助“阅读起跑线”项目，给每一位妈妈和低幼儿童发放内含绘本、笔、贴纸等大礼包，这一项目已经被全球 20 多个国家和地区借鉴，中国香港、台湾地区都已引进。英

* 2012 年 11 月 15 日在“构建书香校园文化建设活动”中为学生所作的报告。

国还有“1 英镑购书计划”，即每个孩子都可以领到 1 英镑，去书店购买指定的、定价为 1 英镑的图书。可见，读书仍是当今世界各国普遍关注的大事，特别是网络高度发达的时代，阅读在很大程度上也仍是一个社会文明的标志。所以，我希望通过我们这次活动的开展，在校园内掀起一个读书热潮。

为什么全世界都在强调读书呢？简单地说，读书是因为需要，通过读书可以摆脱无知的烦恼；读书是一种享受，一本智慧之书使人的灵魂既可以上天入地，也可以穿越古今；读书是一种追求，可以让人在现实中构筑自己的“精神家园”，让自己在花繁柳密中拨得开，在风狂雨急时立得定。当然，我们这里所说的书，不是那些政治文件、技术手册，也不是那些庸俗低下、粗制滥造的“地摊书”，更不是那些被称为“谋略”、“智慧”、“商战技能”和“厚黑学”之类的书。我们所要读的书，似一束光，能把身处暗夜中的眼睛点亮；似一团火，能把寂寥寒冬中的心暖化；似一片云霞，能使人心充满美好的向往；似一阵清风，能驱尽身上的暑热，使人感到一阵凉爽、舒心。我们这里说的书，更是一双翅膀，让你凌空而起，把你带进美的天堂、人间的仙境；能把你的心变得更冰清玉洁，使你更高尚。那些经典的或相对经典的书是人类智慧的结晶，是人们用无数血汗培育出来的壮硕籽粒，撒下就能长出茁壮的禾苗。这就涉及读什么样的书，如何选书的问题。

对大学生来说，读书要有问题意识，要带着问题读书。什么是问题？问题即我们的“惑”。想不明白的，感到迷茫的，我们就通过读书来解决。很多人怀念 20 世纪 80 年代的读书风气，那时，很多西方思想理论的经典名著成为畅销书，大学生人手一册，争相阅读。原因之一固然是我们刚刚经历过一个“知识”和“精神”双重饥荒的时期，突然之间，窗户打开了，门也打开了，被压抑多年的求知欲望一下子全部释放出来了，人们因此有了一种沉醉在春风里的幸福感，读书成为享受这种幸福感的一种方式。此外还要看到，20 世纪 80 年代如火如荼的读书运动，也源自人们反思历史、思考现实、求索未来的内在要求，人们希望从书中找到答案，摸索出一条通向现代化之路。如果说，那时中国的改革是“摸着石头过河”的话，那么，一本本有思想价值的书，就是人们摸得到的一块块“石头”。中国的改革开放走到今天，取得了举世瞩目的成就，读书的意义不可低估。

在这里需要提醒大家的是，读书不能太功利化，不能太实用性了。太功利、太实用了，就和陶冶人的情操的读书目的背道而驰了。这就存在一个人们长期谈论的读书“有用”和“没用”的问题。这个“没用”，多是从物质方面来衡量的，是以实用功利为目的的，而不是以陶冶情操、提升精神、升华人格、拓宽视野、丰富人生、纯洁心灵为最终归宿的。而读书的“有用”，多是不在眼前，不在当下，而是像甘霖雨露滋润万物之后，万物所呈现的那种清新、新鲜、水灵、生机勃勃，是看不见和摸不着的。它是一种无形之用，是一种潜移默化，它能融进你的血液、精神、行动，悄悄地对你的生活、环境发生作用，会在不知不觉中改变你的人生轨迹。

长期以来，围绕读书一直就有“有所为”和“无所为”的争论，但这里的“有所为”和“无所为”不同于前面说的“有用”和“没用”。“有用”和“没用”主要是指要不要读书的问题，而“有所为”和“无所为”主要是指读书为了什么的问题。读书人往往喜欢标榜自己“无所为”，不希望给人一种太功利的印象，以为这样才是高境界。这里的“无所为”，就是读书不能被用来换取功名利禄和物质享受。但如果是为了明事理，长见识，养成敏锐的判断力，这样的“有所为”，我倒觉得是应该提倡的。在这里，“有所为”是指通过读书解决我们所要探求的各种问题。只有带着问题读书，读书才可能是有效的。在我看来，不管是“有所为”还是“无所为”，都是以读书为前提。

二、如何读书

面对书山书海，我们究竟要选取哪一种或哪一本呢？每个人都有自己的兴趣爱好，性格不同所喜欢的书也就不同。不同的人读不同的书，这和不同的作家写不同的作品一样，它是由各方面的客观条件、环境因素所决定的。所以，我要说的只能是一句话：读最好的书。

然而，对“最好”的界定，又是仁者见仁、智者见智的。

作为大学生来说，主要是学知识、增才干，读书不能漫无目的，而要有所选择，选择的标准就是你正在思考的问题。读书的目的，无非是要帮助你进行思考，进而解决你的问题。曾有个学生给我发短信，说失恋了，很痛苦，无心学习，想找我聊天。当时我出差在外，无法面对面跟她交流，就给她列了几本名人传记方面的书目，让她在无心学习时多读点书，以此排解烦恼，振作精神。当我出差回来再见她时，她的情绪已稳定了下来。然后她又犯了愁，怕期末考试不及格。我就让她放弃两门考试课，选择两门集中复习，不及格的课程等待补考，给自己一个放松心情的空间。但最终结果是四门课都考试合格，使她振作起了精神。这时我就劝她多读些专业书，并且要多读多思。这样坚持下来，她毕业时考取了硕士研究生，攀上了一个新台阶。

读什么书，如何读书，可以说是因人而异，因境而异。具体说来，读书的方法又是多种多样的。古代有“记诵之学”，现代倡导“活”读书。所谓“记诵之学”，就是聚精会神地读、记。应该说这样用功地读书，绝对比不读书、不记诵要好。但这种读书，不能成为真正的学问，不算上乘的读书，因为他得来的学问是死的。读书多是好事，但还要用种种科学知识来帮助理解书本的内容。所谓“活读书”，即在读书的过程中，要给思考留下余地。你在求知时，学进来的东西如果没有同你原有的知识碰头，就只能摆在那里，不发生“化学作用”，无法变成你自己的养料。读书者需要动脑思考，吸收书本上的知识，为增长学问所用，这和胃消化食物的原理是一样的。读书而能消化，书本知识就能与原有的知识融合在一起，产生化学变化，然后把需要补进的知识变成自己的学问，把不需要的东西排除掉，当作垃圾处理。

世界上许多名人之所以成功，与他们善于读书有关。读书有无成效，不仅取决于读什么，而且还决定于怎样读。列举以下名人的读书方法供大家参考：

(1)鲁迅的“跳读”法。鲁迅先生认为：“若是碰到疑问而只看那个地方，那么无论到多久都不懂的，所以，跳过去，再向前进，于是连以前的地方都明白了。”这种方法是对陶渊明的“不求甚解”读书方法的进一步发挥。它的好处是可以由此节省时间，提高阅读速度，把精力放在原著的整体理解和最重要的内容上。

(2)老舍的“印象”法。老舍说：“我读书似乎只要求一点灵感。‘印象甚佳’便是好书，我没工夫去细细分析它……‘印象甚佳’有时候并不是全书的，而是书中的一段最入我的味；因为这一段使我对全书有了好感；其实这一段的美或者正足以破坏了全体的美，但是我不管；有一段叫我喜欢两天的，我就感谢不尽。”

(3)华罗庚的“厚薄”法。华罗庚主张，读书的第一步是“由薄到厚”。就是说，读书要扎扎实实，每个概念、定理都要追根求源、彻底清楚。这样一来，本来一本较薄的书，由于增加了不少内容，就变得“较厚”了，这是“由薄到厚”。这一步以后还有更为重要的一步，即在第一步的基础上能够分析归纳，抓住本质，把握整体，做到融会贯通。经过这样认真分析，就会感到真正应该记住的东西并不多，这就是“由厚到薄”这样一个过程，才能真正提高效率。

(4)杨振宁的“渗透”读书法。杨振宁教授认为，既然知识是互相渗透和扩展的，掌握知识的方法也应该与此相适应。当我们专心学习一门课程或潜心钻研一个课题时，如果有意识地把智慧的触角伸向邻近的知识领域，必然别有一番意境。在那些熟悉的知识链条中的一环，则很有可能得到意想不到的新发现。对于那些相关专业的书籍，如果时间和精力允许，不妨拿来读一读，暂弄不懂也没关系，一些有价值的启示，也许正产生于半通之中。采用渗透性学习方法，会使我们的视野开阔，思路活跃，大大提高学习的效率。

(5)白寿彝的“研读”法。著名史学家白寿彝认为：“读书之读，似应理解为书法家读帖读碑之读，画家读画之读，而不是一般的阅览或诵习。”

(6)余秋雨的“畏友”读书法。散文家余秋雨提出，应该着力寻找高于自己的“畏友”，使阅读成为一种既亲切又需花费不少脑力的进取性活动。尽量减少与自己已有水平基本相同的阅读层面，乐于接受好书对自己的塑造。我们的书架里可能有各种不同等级的书，适于选作精读对象的，不应是那些我们可以俯视、平视的书，而应该是我们需要仰视的书。

除此之外，还有“一目十行”、“一目一页”、“十目一行”、“四到五用”（即“眼到、口到、手到、心到、脑到，边看、边诵、边写、边想、边思”）、“百家百遍”、“日记千言”、“万卷万里”等读书方法。

总之，读书的方式有很多种，关键是怎么读，如不求甚解、粗通大意、精读细思等方法，都是读书的方式。读书不是做个样子给别人看的，读书是对自己的心灵的喂养与呵护。如古人的“马上、厕上、枕上”等读书方式，与其说是他们惜时如金，不如说他们就是有这样的癖好。读书重要的是培养一种持之以恒的习惯。只要你从书中受到了启迪，增长了智慧，增加了才干，那么你的读书方式就是最有效的。所以，不要盲目相信或崇拜其他人甚至是伟人、圣人的阅读方式，因为对他有效的，对你可能低效或者干脆无效。读书的方式要自己摸索，要用心去体会，去揣摩。若有一天，你发现了一种很好、很有效的读书方式，那么你已经向智慧跨近了一大步。

三、读书与思考如影随形

尽管读书的方法多种多样，但根据我的体会，读书与思考如同孪生的姐妹。只读书而不思考，便觉得乏味；只思考而不读书，则成了光说不练的假把式。孔子早就说过：“学而不思则罔，思而不学则殆。”德国哲学家叔本华在《读书与书籍》一文中也写道：“记录在纸上的思想，不过是像在沙上行走者的足迹而已，我们也许能看到他所走过的路径；如果我们想要知道他在路上看见些什么，则必须用我们的眼睛。”看别人的榜样而予以妥善的应用，然后才能也有类似的优点。这样的读书可教导我们如何发挥自己的天赋，也借以培养写作能力，但必须以自己有这些禀赋为先决条件。

改革开放以来，国外各种思想和学说涌进了国门，一时令人应接不暇。青年人对新事物敏感，这当然是好现象。但也有些青年学生对外来的理论没有经过认真的思考和消化，就盲目地追逐，结果让自己的头脑成了外国理论的跑马场。里面即使有好东西也不能好好地加以利用，更不要说分辨良莠了。这种情况，应当引起警惕。大家要有清醒的意识，要在读书上多用脑。读外国书如此，读中国书也如此。因此，在读书中思考，才能剔除糟粕，汲取营养。

既然读书与思考同等重要，那么，是边读书边思考、还是读完后再思考呢？这要按照个人的读书习惯，不能一概而论，读与思因人而异，很难找出一个对大家都适用的方法。但一般情况下，人们都是先读书而后思考。因为只有对一本书从头至尾有了一定的了解后，才能对书中的有关内容作深度的思索，穷其就里，探其根本，并从书中发现与发掘于己有益的内容，这就是读书的佳处。若边读书边思考，不但读书的速度放慢，而且由于没有掌握书中的整个内容及结构，未免使自己的思考产生偏颇，影响了对书的兴趣。因为不论哪一本书，其中的内容、结构、情节等，都是逐步展开的，慢慢地由浅入深。若一叶障目，光看了开头就觉得无聊甚至恼火，使自己丧失了对书的兴趣，岂不是丧失了一次与“好友”结识并作心灵交会的机会？而思考却是需要安静的，因为“非宁静无以致远也”。

思考使人清明，思考使人和谐，思考使人缜密。对一本书作深度的思考，便是让自己的思想插上理想的翅膀，在书中所描述的时空里翱翔，那是一件非常幸福的事！祝愿各位同学在阅读中体验幸福，收获成功！

教与学之乐*

陶行知先生说:“我们做教师的人,必须天天学习,天天进行再教育,才能有教学之乐而无教学之苦。”随着从教时间的增长,我愈来愈体会到了这句话的内涵,也尝到了教与学的乐趣。今天我非常荣幸作为任课教师在国培班开班典礼上发言,对来自全国各地的学员致以热烈的欢迎和亲切的问候。

“培养具有创新精神和实践能力的建设者”是党中央和新时代赋予我们教师的职业要求和光荣使命。为了搞好这次培训,学校党政领导高度重视,任课教师做了多方面的努力和充分的准备。但由于我们是刚改制的院校,无论是硬件设施还是软件建设,与其他普通本科院校相比都存在一定差距,在培训期间不免会有一些不足和疏漏,恳请各位学员多多包涵。下面我结合自己的学习和教学体会谈三点认识,与大家共勉。

第一,教师要“以问题为导向”。我们的学习、探究和交流,都要有强烈的问题意识。这里所说的问题,主要指的是教学理论和实践中遇到的悖论或疑难。心中如果没有一些有价值、有趣味的问题,就不可能进行深入的思考,也就提不出有意义的命题,更谈不上理论创新。因为问题是教师不断发展的动力。在问题的驱动下,教师会主动去思考。可以说,问题的提出是考量教师能否带着思考对自己的教学行为进行理性分析的判断依据,是研修能否向纵深发展的重要影响因素。我们提倡教师应事先作充分的准备,围绕研修主题,广泛

---

* 2012 年 11 月 2 日在国家级思想政治教育骨干教师培训班开学典礼上的发言。

地查阅资料，认真审视自己的教育教学行为，认真地进行思考，然后带着这一切走进校本研修，与别人一起交流，产生思维的碰撞。从经济学的角度讲，这既是一种有效率的学习方法，也是一套有效的思维锻炼方法。我们要有意识地强化自己的问题意识，同时也就会欣赏那些经常能够提出好问题的学生。

第二，教师要“学会发现并欣赏思想之美”。思想或智慧是有美感的。思想之美不仅体现在文字韵味上，而且还体现在逻辑力量上，体现在适用范围的广度上，更体现在对未来或未知世界较为准确的预测上。社会科学研究的本质特征之一，就是把纷繁复杂的世界简化成为几个主要变量，说明这些变量之间的关系，并对未来进行预测。作为社会科学的学习者或研究者，我们需要逐渐地培养出一种心境，以审美的心态去阅读，去领会。一旦能够领略到思想的美，你就会进入到一种境界，也就会由衷地喜爱那些美好的思想，热爱所从事的工作。

第三，教师要“认真践行终身学习理念”。1995 年颁布的《中华人民共和国教育法》就指出：“国家适应社会主义市场经济发展和社会进步的需要，推进教育改革，促进各级各类教育协调发展，建立和完善终身教育体系。”建立终身教育体系就要求人人都要确立终身学习的观念。作为教育者的我们更应该认真践行终身学习的理念。因为教师只有在业务上力求不断长进，努力跑在学生前头，才能当好学生的“领路人”，才能引导他们不断前进。“唯有学而不厌的先生，才能教出学而不厌的学生。”以前常说：“教师想给学生一碗水，自己首先要有一桶水。”现在时代不同了，“教师必须有源源不断的一口井，一条河”，才能激发和满足学生的求知欲。为此，就要求教师一定要不断充实知识，做到“教到老，学到老”，不断地获取新知识，增长自身的才干和能力，不断完善自我。在不断自我完善的基础上把学生教育成为有知识、有才干的“一代新人”。

尊敬的学员，让我们一起独立思考、自主探究，毫无顾忌地提出自己想到的问题；让我们一起合作学习、交流展示，毫无保留地表达自己的思想观点;让我们真切体验新的学习方式所带来的变化,深刻理解新的教学理念所富有的内涵。我相信,只要我们努力付出,辛勤耕耘,我们就一定能破疑解难,一定能取得优异的培训成绩,从而也就能够收获教与学的欢乐!

师德篇

我的职业我的爱*

“我的职业我的爱”是我从教以来的真实感受。可以说,从事教师职业是我从小的夙愿。也许是因为自己出生在农村,有文化的人比较少,对教师特别崇拜,在幼小的心灵就埋下了立志当个好教师的志愿。尽管长大后报考的大学不是师范院校,但当教师的愿望一直没有改变,大学毕业时在众多分配单位中一眼就选择了我们这所教师教育的摇篮。那时候对工作环境和生活条件并没有太多考虑,因为那时的大学毕业生是统招统分,大家的待遇差不多,唯一想的就是选择教师职业。

回首从教 20 年的历史,弹指一挥间。穿越历史的隧道,1984 年的 7 月,我大学毕业分配到这里。当时的学校刚刚恢复办学,只有中文、政教两个成人专科专业招生;学院的组织机构除党委、政治处外,只有师训处和干训处两个管理部门;教室还是租借在外校;我们青年教师的宿舍也是租住在教育厅招待所。面对这样一种工作环境,满怀对工作美好憧憬的我曾经彷徨过,曾暗问自己:在这样的地方能实现自己的理想吗?我是否要在这里久留?实际上,当年一起分配来的 23 名教师,现在只剩下 6 人,多数教师都远走高飞了。我也有多次机会可以调走,但最终留下来的支撑则是百业待兴的学校和喜爱的职业,特别是后来学校上下关心师资队伍建设的发展思路使我不断坚定了留下来的信心。

记得当年来学校报到两个月后就到广州参加了一次全国性的专

---

* 此文系在 2004 年 9 月 9 日全校庆祝教师节座谈会上的发言。

业培训班，回来后就走上了讲台。面对台下那些比自己还大十多岁的成人学员们，感到自己原有的知识贫乏了，本来的沉稳冒汗了。一位老教授"台上一分钟，台下十年功"的教诲深深启发了我。于是，我暗下决心开始了寒窗苦读的生活，深刻领悟了"书山有路勤为径，学海无涯苦作舟"的道理。多少个日日夜夜，多少个酷暑严寒，一边教学，一边上学，在学校领导的关心支持下，我先后在职读研究生课程，做访问学者，攻读博士学位。风风雨雨，酸甜苦辣，为人师者的种种滋味尝遍过后，我愈来愈爱上了这个职业。尽管中途也曾想跳槽，特别是博士研究生毕业后许多学校的优厚条件曾吸引着我，使我动摇过、彷徨过。但学校领导和老师们动之以情的挽留和与这里的一草一木、一砖一石共同成长的经历又使我难以割舍。

滴水之恩当涌泉相报，是每一个中国人应有的品德。特别是对我们这些出身草根、来自泥土的人来说，是党和人民把我们培养成才，是学校滋养了我们的发展，我们有责任和义务把自己的知识和智慧奉献给社会。哪里需要哪里就是自己的岗位，组织上把自己按到哪里就要在哪里发光。只要勤奋，只要用心，只要执着，就会采摘到绚丽的智慧花朵。于是，我扎下根来，辛勤耕耘着，因为我是教师；我幸福着，因为我爱学生；我不断向前，因为学校在发展。

人世间有很多美丽的词形容教师：教师是园丁；教师是人类灵魂的工程师；教师是蜡烛，燃烧自己，照亮别人。而不愧于这些称号的人民教师首先要有一颗尊师重教的大爱之心。多年来，我一直把教育看作一项崇高的事业，一项可以给人以双倍精神幸福的劳动。教师在育人劳动中的收获，既有自己感觉到的成功和欢乐，也有学生感觉到的成功和欢乐。所以，把爱心和学识奉献给学生，奉献给教育事业，是我不断进取的力量源泉。具体做法概括如下：

其一，挚爱教育事业。选择了教师就意味着选择了责任和奉献。人们常把教师比喻为"蜡烛"、"人梯"、"春蚕"、"铺路石"，意在表达教师这一职业的无私奉献。在市场经济大潮中，面对金钱与名利的诱惑，教师需要具有坚守岗位、两袖清风、献身教育事业的精神和心理定力，肩负起培养国家和民族未来的重任。教师是落实以德治国方略、推进素质教育的实施者，是学生增长知识和思想进步的指导者和引路人，是实现科教兴国战略的生力军。作为一名教师，如果没有崇高的理想和为祖国教育事业无私奉献的敬业精神，是不能担当培养人才、造就人才重任的。在当今时代，教师只有从根本上掌握有中国特色社会主义理论的精神实质，才能站得高、看得远，才能提高自己的思想政治觉悟和师德修养，树立较强的事业心和社会责任感。无论何时何地，教师都应该理直气壮地说：投身教育事业，我终身无悔。

其二，以身作则，为人师表。教师是人类灵魂的工程师，“为人师表”是教师最崇高的荣誉，也是教师的神圣职责。教师肩负着全面提高国民素质、提高人民的科学技术水平、提升社会文明程度、培养社会主义建设者的重任。俗话说：“喊破嗓子不如做出样子。”教师的言行对学生的思想、行为和品德具有潜移默化的影响，它是一种重要的教育力量。所以，凡是教师要求学生做到的，自己首先应该做到；凡是要求学生不做的，教师坚决不做。孔子曰：“其身正，不令而行；其身不正，虽令不从。”教师无小节，处处是楷模。只有严于律己，以身作则，才能达到为人师表的目的，才能在学生中树立威信，才能让学生心服口服。

其三，关爱学生。教育是爱的共鸣，是心灵的呼唤。教师只有关爱学生，才能教育出好学生，才能使教育发挥最大的作用。教师对学生的爱，是一种只讲付出不求回报、无私的、广泛的且没有血缘关系的爱。这种爱是神圣的，是教师教育学生的感情基础。学生一旦体会到这种感情，就会“亲其师”，从而“信其道”，也正是在这个过程中，教育才实现了其根本的功能。崇高的师爱表现在对学生一视同仁，不偏不倚，对每一个学生都能做到“捧着一颗心来，不带半根草去”。绝对不能有“门第之见”，做到“有教无类”。根据我的体会，对学生的教育要做到“四心”俱全：爱心、耐心、恒心和苦口婆心。爱心是指无论在生活、学习上都能将爱化作春风细雨，吹拂与滋润学生的心房，为师生的沟通架设一座“心灵之桥”。同时，作为教育者还必须具备

“铁杵磨针”般的耐性，一而再、再而三地帮助学生，切忌易怒易躁，否则只能是事与愿违。另外，教师对学生充满爱的教育还需要有“滴水穿石”般的恒心。

其四，教书育人。教书是手段，育人是目的。教书育人是教师的天职。所以，教师在任何时候都不能忘记自己不单单是为教书而教书的“教书匠”，而应是一个教育家，是人类灵魂的工程师。这个工程师是通过教学活动和自己的言行，在学生心灵上精心施工，目的在于培养学生的共产主义世界观和道德觉悟。陶行知先生说过：“我们做教师的人，必须天天学习，天天进行再教育，才能有教学之乐而无教学之苦。”教师只有在业务上力求不断长进，努力跑在学生前头，才能当好学生的“领路人”，才能引导他们不断前进。这就要求教师必须全面贯彻党的教育方针，坚持以德育为首，“德、智、体、美、劳”五育并行，做到既教书又育人，时时注意加强自身的职业道德修养，为人师表。教师必须不断地更新和拓宽自己的知识领域，破除“满堂灌”和“满堂问”的教学模式，采用启发式、探究式、合作式、案例式等多种教学方式的整合创新，充分利用现代化的多媒体教学设备，培养学生的创造性思维，增强学生分析问题、解决问题和自己动手的能力，引导学生积极参与，培养学生的探索创新精神。只有勇于开拓创新，善于学习新的知识，掌握最新信息，才能在不断自我完善的基础上把学生教育成为有知识、有才干的“一代新人”。

总之，在庆祝我们教师共同的节日里，我骄傲着，我自豪着。我骄傲，因为我是教师；我自豪，因为我培养了成千上万的学生。惭愧的是我不是诗人，不能用漂亮的诗句讴歌我的职业；我不是歌手，不能用动听的歌声歌咏我的岗位。但我是一名教师，我要在我脑海中采撷如花的词汇，构筑我心中最美好的诗篇；我要用深深的思索，推演我心中最奥秘的哲理；我要用凝重的感情，唱出我心中最动人的颂歌——我的职业我的爱！

师德修养之我见*

师德是教师人生的根本标识，是教师在从事教育工作中逐步形成的道德观念、道德情操、道德行为和道德意志，是教师从事教育工作时所遵循的行为规范和必备的品质。师德修养贯穿教师专业发展全过程，是引领教师职业行为的内在灵魂，是教师职业人生幸福的心灵根基。我热爱教师职业，主观上重视师德修养，客观上言行一致，以身作则。借师德建设活动的开展，结合多年从教的实践经验谈几点体会，与各位同仁共勉。

一、师德高于一切

师德，即教师职业道德，指教师在其职业生活中，调节和处理与他人、与社会、与集体、与职业工作关系时所应遵守的行为规范或行为准则，以及在这基础上所表现出来的观念意识和行为品质。它包括道德观念、道德情操、道德行为和道德意志。教师职业道德的产生和发展，是同人们教育活动的发展直接相联系的，它对形成教师的职业心理和职业理想，形成教师特有的道德习惯和道德传统，起着重要作用。很多师范院校的校训就是“学高为师，德高为范”。尽管我不是师范院校毕业的，在走上教师岗位之前没有受过教师职业的专门训练，但我热爱教育事业，崇尚教师这一“人类灵魂工程师”的称号，对“学高为师，德高为范”的内涵有着特别深刻的理解。我对自己要求也比较严格，在实际工作中始终把“为人师表，教书育人，关爱学

* 2006年10月20日在全校师德建设总结大会上的发言。

生”放在一切工作的首位。具体可从三个方面作一概括：

一是在日常工作中不断加强自身的道德修养，以革命导师(马克思主义者、历史上的领袖人物)为楷模，以时代发展为条件，坚持与时俱进，坚守真诚和善良，注重团结协作，不断克服自身的缺点和弱点。

二是在课堂上切实以马克思主义的立场、观点和方法分析问题、解决问题，思想解放而不偏激，坚持真理而不僵化。例如：在讲授苏联模式(斯大林模式)、传统社会主义体制等问题时，无论是在苏联解体前还是在解体后，都要做到实事求是，客观公正，力求在让学生了解事实真相的基础上，学会分析问题、解决问题的科学方法。

三是在教学理念上注重把育人寓于教书之中，注重让学生在获取基础知识与基本技能的同时学会学习与学会做人，把“教”与“学”有机结合起来，把言传与身教结合起来。在与学生交朋友时不忘记自己师长的身份，在传授知识时不忘记自己党员的义务，在学习中提高，在交往中升华。注重教育学生学会学习，学会做人，关注社会，了解国情，锻炼自己，成长自己，从踏进校园那天起，就要准备着在离开校园的时候，有能力去承担起时代赋予的历史重任。教育学生不仅在适应社会发展中贡献社会，而且还要在引领社会进步中贡献社会。在这方面，无论是校内校外、脱产函授、必修选修，还是校长培训、骨干教师培训、硕士研究生课程，或是专题讲座，要求都是如此。

诗人但丁说过：“道德常常能填补智慧的缺陷，而智慧永远填补不了道德的缺陷。”这对我们教育工作者，特别是对我们从事思想政治学科教学的教师来说更为重要。因为一般说来，科学家失败99次，一次成功就可能获得诺贝尔奖；而政治家成功99次，一次失败就会身败名裂。所以，我始终把师德看得高于一切。

二、坚持把勤奋和实干付诸实践

勤奋是成才的必备武器，“学高为师”的警言告诫我们：没有高超的学识是很难胜任人民教师这一职业的。而高超的学识是靠勤奋的学习、脚踏实地的苦干和实践经验的不断总结、升华获取的。古人云："书山有路勤为径，学海无涯苦作舟。""聪与敏，可恃而不可恃也，有恃其聪与敏，而不学，自败也。"多年来，我始终相信勤能补拙，勤奋好学，早起晚睡，挤时间学习，不相信捷径，也不善于走捷径，不管什么事情都相信自己的实践体验和脚踏实地。具体到实践方面主要表现为：

一是坚持理想信念不动摇，坚持勤学苦练基本功，不断进修学习，开拓进取，努力提高自己的理论文化水平。俗话说："授之一杯水，自己必须拥有一桶水。"在信息化时代，知识更新迅速，加上各种传播媒体的发达，知识呈现爆炸化趋势。我们作为传道、授业、解惑的人民教师，如果不能及时地跟随时代发展的步伐，掌握新知识、新技能，是难以胜任教师这一职业的。对此，我深信不疑。多年来，为了上好每门课，上好每节课，早出晚归，查资料，听报告，不惜付出时间和精力，精益求精。例如：在讲授总统制时，除去讲解了教学计划中的内容外，我还用周末的时间，把历届美国的总统制、法国的总统制、俄罗斯的总统制的资料作为课外参考发给学生，组织感兴趣的同学进行讨论，比较不同国家总统制的异同点。这不仅开阔了他们的知识视野，而且还传授了一种精神，那就是对事业的热爱和执着。为了备好每节课，我千方百计地克服各种困难（包括孩子小时时间紧张，几乎每天早晨都是 4 点钟起床学习，从那时就形成了挤时间、抢时间学习的习惯，至今仍然如此，甚至在飞机上也能够把思考的问题及时记下来）。同时，为了不断开拓自己的专业知识视野，我积极进修学习，攻读学位，做到关注学科前沿知识，了解专业发展动态，坚持理论与实践相结合、基础知识与学科前沿相结合、教书与育人相结合，并且探索了"研讨式"、"对话式"、"采访答问式"等教学模式，效果很好，深受各类学员的好评，多次获校教学优秀奖。我主讲的《当代世界经济与政治》被评为省级精品课，负责的"思想政治教育"教学团队被评为省级教学团队，主持的"思想政治教育"专业被评为院级重点专业，负责的"马克思主义理论"学科被评为校级重点学科。

二是注重科学研究，勤于思考，刻苦钻研。多年来，我一直坚信教学与科研是相辅相成、互相促进的。没有厚实的科研水平和功底，大学课堂教学是很难讲深、讲透的，更谈不上出特色。所以，在上课之余，我刻苦钻研，撰写文章，申报课题，积累科研成果百余万字，多次获省级科研奖励。所有这些研究成果既是从教学中发现的问题，又极大地促进了教学水平的提高。

三是善于学习别人的长处，注重取长补短。由于没有经过师范院校对教学技巧和技能方面的系统训练，更没有经过教学实习就直接走上了大学的讲台，当时面对那些比自己年龄大、经验多的成人学员，上课之前心里总是惶惶然。为此，我暗下决心向老教师学习，认真听其他教师的课，不断总结经验，为讲好一堂课不惜用几天的时间备课，对每门课程的特点、结构等在宏观上有一个总体把握，将各章节的内容做到融会贯通。熟能生巧，我逐渐战胜了自己的胆怯心理，不再慌张。随着知识的积累和经验的增多，课堂教学逐步进入师生互动共鸣的最佳状态。

四是作为基层领导干部，始终以一颗高度的责任心去开拓每一项事业。坚持把局部发展与全局发展相结合，团结奋斗，不断进取。从理论上讲，行政领导是对组织内群体或成员施加影响的活动过程，是一种说服他人热心于一定目标的努力，是一门促使下级满怀信心地完成其任务的艺术。这种领导活动、领导过程、领导艺术具有权威性、广泛性和服务性。这就是我们经常说的“领导就是管理，管理就是服务”。几年来，尽管政法分院领导班子的成员不断更换，任课教师有进有出，但我们始终坚持以科学发展观为指导，以学科建设为核心，不断强化班子建设、师资队伍建设和管理队伍建设的理念和行动没有改变，与时俱进，不断发展。

三、坚持把爱心和学识奉献给学生，奉献给教育事业

多年来，我一直把教育看作一项崇高的事业，一项可以给人以双倍精神幸福的劳动。这也是我参评省级教学名师的寄语。我时刻把师德看得高于一切，把勤奋和实干付诸实践，把爱心和学识奉献给学生，奉献给我们的教育事业。

一方面，爱心施于学生，对每个学生负责，对每个学生的家庭负责是我做教师的道德标准。作为一名教师，注重用“爱心”去传道、授业、解惑。这里的“解惑”不仅是学习上的，而且还包括生活和心理上的（包括恋爱、婚姻、升学、就业等问题）。在传道、授业、解惑的过程中，引导学生树立正确的世界观、人生观和价值观。也就是说，在传授科学文化知识的同时，注重了解学生的思想动向和心理需求，从而根据具体情况对症下药，因势利导。为此，我经常利用课余时间通过调查表的形式搞些民意测验，以了解情况，及时帮助学生解决心理上和生活中的困难或困惑。例如：1998 年与校妇委会联合在全校女生范围内搞了一次关于“家庭、婚姻、就业、改革、发展”等内容的调查；1999 年和 2000 年上半年在 800 名公共选修课的学生中搞了两次关于“人生、志向、成才、愿望”等内容的调查；2001 年又结合党委关于“创特色、扩规模、上水平”的指示精神，在所授课的 2000 级政教班搞了一次关于“我看我校、我看我系发展趋势”的大讨论。尽管学生的观点并不完全科学，但通过民意调查和以主人翁地位让学生谈看法、谈思想，针对调查和讨论反映的问题及时引导，以爱心解决学生实际存在的思想障碍和困难，则既可以避免深层矛盾的爆发，又激发了学生的学习干劲和关心学校发展的热情。

近三年来，我每年都配合学生处开展的新生入学教育，给学生作“理想信念与成才问题”的专题报告。报告过后，很多学生在求学就业、婚姻恋爱等方面遇到困惑就找我，有的写信，有的打电话、发邮件，有的直接到办公室交谈。对这些学生，不管他是文科、理科，男生、女生，我都热情接待，坚持“四心”——爱心、耐心、恒心、苦口婆心，一一帮助他们克服困难，端正思想认识，解决实际问题，甚至还挽救了一些轻生的学生。点点爱心，浓浓情谊，成为我生活中的宝贵财富和追逐理想的不竭动力；融洽的师生关系，既成就了我精彩的课堂，也成就了一代又一代学生的梦想！例如：有个学生听过我的公选课后给我写了一封信，说他自己有一种病（没有告诉父母和其他人）

可能会遗传，影响将来结婚生子，所以现在很苦恼，对生活没有信心等。为了顾及学生不想让人知道他有病的心理，我拿着信去医院专门咨询了医生，医生根据学生信中叙述的情况判断说这种病有的会遗传，有的可能隔代遗传，有的根本就不遗传，关键是需要对病人做检查后才能做出诊断。根据医生的建议，我给学生回了一封信，除去鼓励他及时到大医院进行全面检查，相信现代医学技术一定会把病治好外，还专门写了些即使治不好，也可以选择丁克家庭模式好好生活等励志的话，同时还从《报刊文摘》上剪了一篇小短文放进信封一并寄给了他。小短文讲述的是两个病友同时都被怀疑得了癌症，其中一个说如果他被确诊为癌症，将立即办理出院手续，用有限的生命去游览祖国的大好河山；而另一位则焦虑地祈祷自己千万不要得癌症。最后检查结果是前者得了癌症，他立即把诺言付诸实施。两年后的一天，昔日的两个病友在长城脚下偶遇，被诊断为癌症的人满脸红光，癌细胞消失，另一位没有得癌症的却依然面黄肌瘦。这个故事说明性格决定命运，精神的力量具有巨大的威力。我的信发出去一个月后学生给我寄了一张祝福的明信片，再没有提他的病情，两年以后给我打电话说他结婚了，生活很美好。有个理科的女同学听过我的公选课后，专门找我倾诉。她丈夫也在校读书（成人班学员），但与别的女同学关系不正常，并且情况很严重。对此，我考虑到他们不想让婚姻彻底破裂的心理，没有惊动双方的系科领导，通过自己做工作，最终使他们言归于好。可以说，近年来我先后化解了多例学生的家庭危机，解除了多例学生的心理障碍，指导学生考研、找工作以及有效开展工作的情况更多。可以说，一份心血，一份收获。有几件事我一直非常感动：一是 1995 年的“三八”妇女节，我给中文系学生上课，学生自己制作了一束花放在讲台上，黑板的右下角写着“祝老师节日快乐”；再就是 1998 年我生日那天正好给政教班上课，走进教室，讲台上放着一大束鲜花，学生用英文齐唱生日歌，我激动得热泪盈眶。

另一方面，把一颗爱心献给教育事业，爱学生，爱教育，善于开拓创新。特别是兼任行政领导职务后，考虑的问题已远远超出课堂。走出教室看教学，走出校门看教育，走出国门看发展，成为近年来我开展各项工作的思维理念。在校党委的英明领导下，在各主管部门的大力支持、协助下，我们政法分院党政领导班子团结协作，全体师生齐心协力，开拓办学。为走出历史、政治专业招生困难的低谷，积极组织申报新专业，大力改革课程结构，在三年内使政法分院由原来三个成人专业，发展到现在拥有五个高职专业、一个普通本科专业和一个成人本科专业，在校生由 260 多人增加到 1100 多人，并带领党政领导班子成员首创了高职学生出国实习的先河；在学生人数多、专业多、师资紧缺的情况下，注重师资队伍建设，鼓励中青年教师进修培训、改业转行，引进新生力量，确保了全分院教学水平的提高；培养了一批科研能力强、教学水平高的中青年教师，在近两年学校组织的青年教师讲课比赛中都取得了优良成绩。我本人也先后获得省“巾帼建功”标兵、省优秀共产党员、第三届“齐鲁晚报”杯全省高校十大名师提名奖、“富民兴鲁”劳动奖章和第二届山东省高校“教学名师”奖等荣誉称号。实际上，所有这些荣誉，都是学校历届党委精心培养的结果，与各级领导的关心爱护和各位老师的支持帮助是分不开的。在此，谨向各位领导和老师表示衷心的感谢！

当然，我心里非常清楚，与很多优秀教师相比，我个人的能力是微不足道的。荣誉给予我，是大家对我的鼓励和鞭策！我一定会变压力为动力，加倍努力，生命不息，奋斗不止，绝不辜负大家的期望！

“四自”精神＋亲和力：编织女性的精彩人生*

每年的“三八”妇女节，世界上很多地方都在开会，检阅着妇女的队伍，妇女们自身也沉醉在自己节日的快乐氛围中。但实际上，“三八”妇女节的存在，只是昭示着世界上所有的妇女是社会的一部分。“妇女”两个字说得越多是不是就意味着妇女越重要呢？法国学者狄德罗说过：“人们说得越多的东西，每每是人们不懂的问题。”著名作家丁玲女士也曾说过：“‘妇女’这两个字，将在什么时代才不被重视，不需要特别的提出来呢？”作为一个女人，我为生长在新中国而幸福，为生活在改革开放的新时代而自豪，为自己身为女人而满足。因为，在我看来，女人需要的不是一个节日，而是能够精彩地生活的力量。

那么，能够支撑我们精彩生活的力量是什么呢？四年前我曾经给全校的女学生做过一场报告，当时着重讲了“自尊、自信、自立、自强”八个字的要义以及如何实现的问题。今天与各位女教授、女博士在一起，就不想再讲这些自励的话了，因为从目前中国的社会状况来看，在座的都属于事业的成功者，生活的强者，“四自”精神的实践者，甚至在某种程度上有些成就，再说这些激励的话未免与我们的节日不太协调。所以，我想谈点女性精彩人生的话题，但由于自己知识视野的狭窄又找不到好的切入点，还是离不开这“四自”问题，就草拟了这个题目：“‘四自’精神＋亲和力：编织女性的精彩人生”，以期抛砖

* 2009 年 3 月 4 日在纪念“三八”妇女节座谈会上的发言。

引玉，引起讨论。

一、自尊：女性自我价值的确立

自尊，是指承认、保持自己尊严的行为和情感。自尊包括自我尊重和自我接受两个方面。所谓自我尊重，就是个体主动地确认自身价值和能力的程度。女性的自尊是建立在对自身能力和价值的认识之上的。懂得自我尊重的人，能清醒地知道自身特点，充分发挥自身优势，实现自身的需要和价值。

所谓自我接受，是指个体对真实自我情况的接受程度，你是什么样的，就在什么样的基础上接受自己，不做“要是……就好了”的无谓设想，不刻意迎合别人，顺从别人，听命于别人。我们经常说，心理健康的人要“悦纳自己”，即快乐地接受自己。作为一个女性，我们应积极地接受“身为女人”这一现实，并不以“女人麻烦事多”、“做女人太苦”而自厌、自弃。自我接受包括接受自己的性别身份、社会身份和自我的体貌——无论你是星光闪耀还是默默无闻，是富裕还是贫穷，是胖是瘦、是高是矮，你都可以健康而有意义地生活着，都可以树立自己良好的自我形象，都应该快快乐乐地接受自己，走自己的路。

一个人越是能积极地接受自己、评价自己，越是有能力确认自己的价值、实现自己的价值，就越有自尊，越有成功的强烈愿望和积极行动，越有提升自己、完善自己的动力。

二、自信：女性自我发展的原动力

自信，是人对自我的认识和肯定，是人对自身价值和能力的积极评估，它是一种心理能量，有助于人的才能的发现和开掘。自信的人，对自己的能力包括潜能有积极的评价，因而对自己抱有较高的期望。他会给自己设定一个较高的目标，并为实现这个目标去做必要的准备和长期的奋斗，在遭受挫折的时候，不是首先怀疑自己的能力和目标的正确与否，而是把挫折视为达到成功的必要付出，从而积极寻找造成障碍的原因和排除障碍的办法，甚至屡战屡败也不丧失信心。

有人认为，女性的自信心不如男性，容易自卑，甚至认为女性天生有自卑倾向。其实，一些女性存在的自卑心理不是天生的，而是后天形成的，是文化、意识对她刻意塑造的结果。“男强女弱”观念的长期存在，磨损着女性的自信和斗志，使女性容易自我压抑不再去努力发现自己的特长，实现自身的价值，因而影响到她去努力获取成绩。这一状况反过来又巩固了“女人就是不如男人”的观念，使女性变得越发不自信，这是一个恶性循环圈。所以，新时代的女性要塑造自我，一定不要受那些贬抑女性能力的错误观念的影响，一定要打破那个恶性循环圈，确立自信。

一位心理学家曾说过：“如果人们觉得失望，他们就不想寻求通往成功的途径。”女性在这个世界上失去太多，和她们不敢要求太多不无关系，自暴自弃是女性通往成功路上需要排除的心理障碍。新世纪的妇女只有充满自信，确立精神优势，才有可能在社会舞台上充分展示风采。

三、自立：女性争取平等的前提

自立原指不依赖别人，靠自己的劳动生活。这里是指女性主体具有的不依赖外在力量，独立、自由地支配自身一切行动的意识和能力。从总体上讲，自立的女性，首先要体现出一种强烈的社会责任感，勇于担起社会赋予的使命和责任，在事业和追求中获得自己独立的精神和个性。其次，要掌握自己的命运，不消极地依赖于客观世界，不依附于他人，对自己独特的存在价值充满自信，积极主动地去追求和实现自己的人生目标。中国妇女在自己长期不能自立的痛苦中，深深体会到自立之可贵，为争取自立进行了长期的斗争。

自立，是妇女得以在社会上展示才智、得到社会尊重、争取平等的基础，是时代对女性的迫切要求，也是妇女自尊自信的必然体现。现在的自立包括经济上的自立、精神上的自立、能力上的自立。当然，自立，并不意味着拒绝他人的帮助，也不是拒绝借助任何台阶，但首先是立足于自己奋斗而不依赖他人。女人不是月亮，不靠别人的光芒照亮自己。

四、自强：女性跨越障碍的阶梯

自强，是一种自励自进的精神气质，是一种不断发展、自我完善的自觉。自强是人生逆境中不屈不挠的韧性、艰难曲折中爆发的强力和置于绝境而后生的生命力。自强，是面对生活挑战的最积极的回答。自强不息是一个人成长发展必备的精神要素，特别是在今天这样一个充满挑战的时代，社会崇尚竞争，遵从强者胜出的法则，自强显得尤为重要。现代女性不仅自立于社会，而且应该不断发展自己，从精神上，从素质、能力上让自己变得越来越强大有力。

自强是“四自”的核心，它集中体现了时代对妇女的要求。蔡畅同志在《一个女人能干什么》的报告中讲道：一个女人“干，什么也能干；不干，什么也不能干”。的确，妇女并非天生懦弱，天生愚笨，只要奋发努力，去追求成功，就能实现自己的人生价值。自强，包括要有强者的心理、强者的素质、强者的选择。要时刻告诉自己：女人是高耸的树冠！女人是自己的太阳！

五、亲和力：女性编织精彩人生的要诀

关于亲和力的解释有很多，它最早是属于化学领域的一个概念，特指一种原子与另外一种原子之间的关联特性，但现在越来越多地被用于人际关系领域，指某人对他人具有的友好表示。亲和力是什么？就是放低自己的姿态，平等地与别人沟通、交流，这是一种心与心的平等和互惠。

亲和力易于消除人与人之间的隔膜，进而使传达者有效地把自己的思想传递给被传达者。力在则聚，力亡则散！亲和力使合作双方有一种趋向对方的意识，有共同努力的动力。

随着时代的发展和竞争的激烈，亲和力在现代生活中的作用日渐凸显。这对女性来说显得尤为重要。如果说“四自”精神是促使女性走向成功的力量支撑的话，那么，亲和力则是展现女性魅力和获得精彩生活的要诀。社会上关于“女强人”和“铁娘子”的说法，尽管没有多少贬低之意，但也无不流露着对那些事业有成但生活不完美女性的讽刺。对此我有深刻的体会：几年前，我在潍坊学院给函授班学员上课，晚上有几个学生到宿舍找我聊天，看到我在那里织毛衣她们很吃惊，问我：“女强人还织毛衣吗？”我也很吃惊地问她们：“你们以前根本没有见过我，怎么说我是女强人呢？”她们说是前任上课老师说的。多大的误传啊！

当然，“女强人”和“铁娘子”不一定没有亲和力，但她们的强势在很大程度上埋没了她们的亲和魅力，使之戴上了一层“铁”的外罩，隔离了与周围人的亲近，生活也就失去了色彩。所以，我们说，现代女性应该是精彩生活的编织者和创造者，需要把“四自”精神与亲和力加起来，扮演好自己的女性角色，当好女儿、媳妇、妻子和母亲，用女性特有的魅力创造精彩的人生和美好的生活。

心怀期待，播种未来*

一百多年来，每年的“三八”妇女节都给广大妇女同胞们带来了极大的欢乐和期待。欢乐倒不是因为过这个节日，而是因为在这个节日期间世界各地举行的各种庆祝活动所引起的思考；期待的也不仅仅是女性个人的具体得失，而是期待着整个社会的发展和人类文明的进步，以及平等观念在现实生活中的实现。

今天我们学校党委、行政、工会、妇委会组织我们女博士、女教授、女干部召开这个座谈会，我作为“身兼三职”的女代表非常荣幸和感动。感动的不仅是各位领导在百忙之中出席这个座谈会，在我校改制之际号召我们献计献策，共谋未来，充分彰显对我们广大妇女同胞的关心、重视和信任；更为自己能够成为一名大学教师，能够荣幸地在自己喜欢的岗位上建功立业而感动。因为，当今社会上还有很多女同胞为寻找工作而奔波，还有很多女同胞根本找不到自己的用武之地（大学生就业中依然存在着性别歧视），更有一些女同胞还遭受着各种偏见的鄙视和迫害。有一个网络顺口溜，诉说着做女人难的内涵，其大体内容是：“漂亮点吧太惹眼，不漂亮吧拿不出手；学问高了没人敢娶，学问低了没人想要；活泼点吧说你招蜂引蝶，矜持点吧说你装腔作势；会打扮吧说你是妖精，不会打扮吧说你没女人味；挣得多吧男人望而却步，挣得少吧说你是傍大款；生孩子怕老板炒鱿鱼，不生孩子怕老公炒鱿鱼。”对成功女性的描述也由原来的“上得了厅堂，下得了厨房”，进一步发展丰富为“斗得了小三，打得了色狼”

---

* 2010 年 3 月 7 日在纪念“三八”国际劳动妇女节一百周年座谈会上的发言。

等。这些顺口溜尽管有着浓郁的搞笑色彩,但从两个层面折射出了当今中国妇女尤其是中高层知识女性面临的尴尬:一是从自然人的角度来看,当今妇女仍缺乏人身的主体地位,其生存的价值往往仍是以男性的需求与好恶来评判;二是从社会发展的角度来看,女性特有的功能和优势被社会转型残酷地阉割着。

所以,面对这些问题,我在感动之余,更多的是期待,是呐喊,是历史使命感和责任感!想必在座的女同胞也会有些不同的心理期待。这本来也是我想借此抛砖引玉,进行一场讨论的宗旨。只是由于时间关系,我仅谈一下自己的几点粗浅看法,不当之处请大家批评和讨论。

一是从自然人的角度讲,人类的生命是从母体诞生的,世界是从女性开始的。然而,当今的世界依然是由男性主宰,尽管妇女运动经历了上百年的历程,全世界的劳动妇女以自己的勤劳、勇敢、执着,为实现男女平等、谋求自身解放和发展、促进人类文明进步而不懈奋斗,谱写了可歌可泣的壮丽篇章。多少年来,妇女同胞们对自由、平等的渴望,对博爱、正义的呼唤,对健康、权利的关心,对同工、同酬的梦想,化作了滔滔洪流!新中国诞生后,华夏女性,梦圆芬芳。法律保障着妇女的主体地位,男女平等载入国家大法。但在现实生活中,在很多人的意识中,女性的主体地位依然缺失。在此,我们作为女性的代表,想与大家一起以自己的实际行动来呼吁广大妇女同胞界定好自己的性别角色(家庭中的好女儿、好媳妇、好妻子、好母亲,职场上的行家能手,在社会交往中展现温柔大方、宽容仁慈等美德,等等),在"自尊、自信、自立、自强"的基础上,充分发挥女性宽容、温柔、细心、细致的优势,以自己的实际行动和业绩来确立女性的主体地位。实际上,改革开放以来,我国社会发展的大环境已经为女性的全面发展提供了广阔的舞台,但能否真正实现自我,很大程度上还是取决于女性自身的努力。在此,我们时刻需要牢记的是:生命,从大海走来;人类,从我们化生;权利,从奋斗开始!

二是针对当今社会发展中出现的对女性特点和优势的漠视,需要奋起抗争，呼吁政府以及妇女组织制定相关政策和法规，在接受教育、就业、生育等方面切实保障妇女的合法权益和平等权利；同时也呼吁广大女同胞“不自卑、不气馁、不放弃、不懈怠”，让整个社会充分领略到“有女则家安”的深刻内涵。对于父母、丈夫和子女，女人就是家庭的主心骨；对于教育下一代，母亲是第一任教师，母亲教孩子从小读什么书，唱什么歌，做什么人，会让孩子刻骨铭心、终生难忘，影响巨大；与男性相比，女性更细心、更耐心。这就是说，无女不成家，有女则家安，有女则业兴，有女则国强！作为女性代表，我们需要用自己的实际行动，充分展示女性特有的光辉、温暖、赤诚和柔美，让世人充分领略到：因为女性的光辉，世界有了博爱；因为女性的温暖，世界有了希望；因为女性的赤诚，世界有了春天；因为女性的柔美，世界挂满了甜美的硕果！

三是在我校改为普通本科院校的大好时机，呼吁我们在座的及全校女同胞，从自身做起，从现在做起，扬帆起航，谱写新篇章，铸造新辉煌！作为老一代教院人，我亲身经历了学校恢复办学、艰苦创业、兴旺发达的二十六个春夏秋冬，目睹了校园从小到大、学科专业从少到多、办学层次从单一到多样的历史性跨越，与大家一起收获了由成人院校转为普通师范本科院校的心理期待和激动时刻！其中的甘苦和辛酸、光荣与梦想，我们每一个走过来的人都会刻骨铭心，念念不忘！应该说，在过去的峥嵘岁月里，广大女教师、女职工、女干部、女领导，都充分展示了巾帼不让须眉、妇女能顶半边天的英姿风采，与广大男性同胞们携手并肩，共同谱写了和谐奋进的壮美篇章！

然而，历史不能复制，光荣只能属于过去，未来需要现在播种。面对新改制的学校，我们需要从头做起，无论是学科建设，还是教学科研、各项管理工作，都需要根据普通本科院校的要求来建制和建设，我们需要在不断向其他兄弟院校学习和借鉴中创新与提高。在此，呼吁在座的女同胞再接再厉，充分发挥我们每个人的聪明才智，无论是在教学方面，还是在管理方面、科研方面，都尽职尽责，爱岗敬业，珍惜大好时机，以只争朝夕的精神，投身于新的征程，创造新业绩，铸造新辉煌！

在此也对多年来支持和关心女同胞不断创新发展的各级领导，特别是男领导、男同事们表示衷心的感谢！希望各级领导继续支持和关心妇女工作，我们将不断开拓进取，为学校的美好明天添砖加瓦，贡献自己应有的力量！

选择自强，收获成功*

早在1947年，蔡畅同志在《一个女人能干什么》的报告中指出：一个女人“干，什么也能干；不干，什么也不能干”。我结合对蔡畅同志这句话的理解和自己的体会，谈谈“选择自强，收获成功”的问题。

自强，是一种自励自进的精神气质，是一种不断发展、自我完善的自觉；自强，是面对生活挑战的最积极的回答！自强不息是一个人成长发展必备的精神要素，特别是在今天这样一个充满挑战的时代条件下，社会崇尚竞争，遵从强者胜出的法则，自强对女性来说显得尤为重要。的确，妇女并非天生懦弱，天生愚笨，只要奋发努力，就能获取成功，实现自己的人生价值。能否成功，关键在于自己的态度和人生道路的选择。从古往今来女性成功者的事例中可以看出，大凡成功者都是自强者。因此，我认为要想获取成功，必须选择自强！

其一，选择自强，首先要确立强者心理。所谓强者心理，就是要有高远的志向和取得成就的动机，即积极向上的心态。具体包括两个方面：一方面，要懂得世上没有救世主，一切要靠自己的努力才能实现，自己的命运要由自己来掌握；另一方面，还要应对各种竞争和挑战带来的压力，不惧怕挫折，懂得挫折和奋斗是结伴而行的道理。持有积极心态的人，能够把每一个变化都视为机会，从每一次挫折中吸取动力，从每一个危机中看到转机，在看似没有机会的情况下自己创造机会。我们知道，传统的观念总是把女人定位于美丽、温柔、软弱、善良，把男人定位于强壮、坚强、智慧、理性。女人身上的长处一

* 2011年3月7日在学校纪念“三八”国际劳动妇女节座谈会上的发言。

旦到男人身上就变成了致命的弱点，而女人若是具备了男人的优点，也被视为怪物。所谓“女强人”的说法，似乎就暗示着能干的女人都不太正常，女人如此强壮显得“不太合适”。很显然，这种观点与改革开放的新时代是格格不入的。

实际上，中国自改革开放以来，社会的发展进步给各行各业的女性创造了机会，使越来越多的女性走向成功。事业成功，越来越成为女性人生目标中最具吸引力的亮点。近十年来，广大妇女积极参加各级人民代表选举，行使自己的民主权利，女性参与地方人民代表选举的比例达到73.4%。在全国人大代表中，女代表的比例一直保持在20%以上。中国女干部人数近年来逐年上升，截至2004年底，全国女正、副市长（专员、州长）已达368人。截至2004年底，中国各级党委、人大、政府、政协、法院、检察院、民主党派、人民团体县（处）级和地（厅）级干部中女干部分别占同级干部总数的16.9%和12.6%，分别比1995年增长了4.3个和4.5个百分点；省（部）级以上女干部占同级干部总数的9.9%，比1995年增长2.8个百分点。在私营经济中，一批女性业主正在崭露头角，而且表现出良好的素质。以上海为例，1995～1998年间开业的“女老板”已有5万之众，占到私营业主的1/5，而且这支队伍已呈现年轻化和知识化的倾向。上升势头最强劲的是那些30岁以下、大专以上学历的年轻女性，占到57%，专业技术人员的比例也很高，展现出极大的发展前景。另一些女性则在历来被视为男人领地的领域里纵横驰骋。例如网络经济以往为那些被视作时代骄子的年轻男性所垄断，但近年来女性也开始向这个领域进军。据专门编制中国富豪榜的《胡润百富》（*Hurun Report*）报告，全世界最富有的白手起家的女性超过半数是中国人。世界经济论坛（*World Economic Forum*）发布的2010年《全球性别差距报告》统计，中国女性专业技术人员数量全球第一，达1.1亿多人，占全国专业技术人员总数的40.6%。广大身处平凡岗位的女性，也在用自己的行动诠释成功、解说成功。那就是：成功并不一定意味着惊天动地、光彩夺目，成功其实很平实，离我们每一个人都很近很近。只要你始终不渝地追求、奋斗，在奋斗过程中，在为社会做出成就、获得社会认可的时候就会体会到充实感、成就感，你就是成功的。就女性群体水平来说，今天女性对成功的追求不是高了，而是还嫌不足。如果有人说，女人追求成功是有“野心”，那么我们说，今天女人的“野心”还不够大。正如一位搏击于网络经济的年轻人所说：“‘野心’是金，有‘野心’，才有机会，才有奇迹！”

其二，选择自强，必须锻炼、储备强者的素质。女性要成为时代的强者，仅有强者心理是不够的，还得有强者的能力和素质。自强，并不仅仅是一种挑战式的精神状态、一个不甘现状的口号；自强意味着通过自己的努力，改变自己的现状。因此，首先要提高自身的素质和能力。未来世界是以素质定输赢的，女性要改变弱者地位就必须在素质上有较大的提高。也许有人认为，“关系”比素质更重要。现实生活中，在一个“熟人好办事”的怪圈中，“关系”确实起着一定的作用。但是，从长远看，一个成熟的劳动力市场是不相信“关系”的，特别是在新经济领域，可以说没有一个有着良好前景的职位是靠私人关系获得的，在劳动力完全由市场配置的未来，一个人的发展前景一定是和他的素质成正比的，未来的竞争就是素质的竞争，而不是“关系”的竞赛。

那么，强者的素质应该是怎样的呢？首先，现代人的素质表现出它的综合性——优秀的素质包括思想素质、文化素质、道德素质、心理素质、专业技能以及团队精神、学习能力、协调能力、合作能力、创新能力、创业能力、抗挫折能力等诸方面的能力，它不是一纸文凭所能包容得了的。其次，它是一个动态发展的指标。全球化和科技进步使得每一个国家的经济结构都在动态调整过程中，对人力资源的结构要求也在不断变化，只有那些能适时适应变化着的技能需求的人才能成为强者。这就要求我们一要不断充电，自我开发；二要有能力储备，要“精一招，懂两招，会三招”，同时还要做到终生学习不间断。高尔基说过：人的知识越广，人的本身也越完善。

其三，要有强者的选择。常言道：“性格决定命运，选择决定出路。”没有选择就没有出路。对女性来说，是否具备强者的选择，无疑体现在双重角色冲突面前的抉择。所谓双重角色，就是指事业和家庭这“熊掌”和“鱼”能否兼得。在女性追求成功的时候，双重角色的冲突常常给她带来困惑。恋爱、婚姻、生育，历来被视作女性人生的三“关卡”，女性可能为情所困、可能为家事所困、可能为育儿所累。女人在过这三关时，如有畏难心理，就可能半途而废。自强也如逆水行舟，自减锐气就会不进而退。

其实，双重角色难两全的“规律”是完全可以打破的。在科技发展日新月异的现时代，人们是可以从繁琐的家务中解放出来的，家务劳动社会化程度的提高，社区服务网络无所不至的覆盖，大大缓解了妇女双重角色之间的冲突，使我们有条件合理地安排生活与工作，巧妙地分配时间，在人生的不同阶段设计不同的重点。身为IBM亚太区市场副总裁、全球华人女性最高职位的王嘉陵坦言：“在内心中，事业和家庭同样重要，我不会舍弃其中任何一方的。”“而其间重要的就是掌握事业与家庭之间过平衡木的技巧。”实事求是地说，双重角色的冲突不应影响女性实现自强，相反，女性在不同的角色中磨砺，将变得更加从容，胜券在握。只要有一种自强精神，是没有人能够打倒你的。机会对成功固然重要，但是看上去没有机会的时候，也没有必要一味抱怨，生活中能够“自创良机”者才是真正的强者。在“山重水复疑无路”的时候，只有不放弃努力，坚持奋斗前行的人才能到达“柳暗花明又一村”的境界。有这样一个企业的政工干部，在企业以龙头老大自居时，她就感受到潜在危机，特别是对她这样一个缺少专业技术的干部，于是她抓紧分分秒秒，自学了营销、财会，取得了驾驶执照……财会考试正值她生病需要动手术的时候，她坚持考完试，甚至考到半途需要打点滴，手术之后还没有拆线就上了新岗。在企业形势不好，90%的人都下岗的时候，她留了下来，担任营销部经理。她能在这样残酷的竞争中胜出，靠的是她为自己创造的“不可替代性”——她一人可以身兼三职：营销经理、会计和司机。

时代需要我们具备的不仅仅是吃苦精神，更要有“创业能力”，面对人生的种种艰难曲折，选择自强是无条件的。时刻要告诉自己的是：女人不是花瓶，女人不是醋瓶，女人更不是药瓶；女人是一首诗、一支歌、一幅画、一本读不完的书……

立德树人,传递正能量

培养什么人,怎样培养人,是教育的根本问题和永恒主题。党的十八大明确把“立德树人”作为教育的根本任务,无疑指明了今后教育改革发展的方向。立德树人,就是强调教育事业不仅要传授知识、培养能力,还要把社会主义核心价值观融入国民教育体系之中,引导学生树立正确的世界观、人生观、价值观、荣辱观,传递正能量。

然而,现实社会与教育的现实则出现了一些与教育目标相悖的现象。《辽宁日报》发表的题为《老师,请不要这样讲中国——致高校哲学社会科学老师的一封公开信》,批评大学课堂上教师“呲必中国”的现象,并由此引发了社会舆论的热议。作为一名高校思想政治理论课教师,为此深感汗颜。

众所周知,师德是中华优秀传统文化的精粹,也是优良革命传统的重要组成部分。师德是教师最重要的素质,是教师之灵魂。一方面,师德决定了教师对学生的热爱和对事业的忠诚,决定了教师执著的追求和人格的高尚;另一方面,师德直接影响着学生们的成长。教师的理想信念、道德情操、人格魅力直接影响到学生的思想素质、道德品质和道德行为习惯的养成。高尚而富有魅力的师德就是一部活的教材,就是一股强大的精神力量,对学生的影响是耳濡目染、潜移默化和受益终生的。当前我们深化教育体制改革,全面推进素质教育,全面提高教育质量,不仅需要教师转变教育思想和观念、更新知识结构、提高教育教学水平,更需要教师有良好的思想素质和高尚的师德,并在与时俱进的伟大实践中不断提高师德水平。“大学之道,在明明德,在亲民,在止于至善。”“善之本在教,教之本在师。”明德向善，是圣贤的教诲；教书育人，是教师的本分。教育部颁布的《关于建立健全高校师德建设长效机制的意见》对高校教师的师德作了明确规定，即对“损害国家利益，损害学生和学校合法权益的行为；在教育教学活动中有违背党的路线方针政策的言行；在科研工作中弄虚作假、抄袭剽窃、篡改侵吞他人学术成果、违规使用科研经费以及滥用学术资源和学术影响；影响正常教育教学工作的兼职兼薪行为；在招生、考试、学生推优、保研等工作中徇私舞弊；索要或收受学生及家长的礼品、礼金、有价证券、支付凭证等财物；对学生实施性骚扰或与学生发生不正当关系；其他违反高校教师职业道德的行为”，依法依规分别给予警告、记过、降低专业技术职务等级、撤销专业技术职务或者行政职务、解除聘用合同或者开除等惩罚。对严重违法违纪的要及时移交相关部门，依法依规给予惩处。

由于教师职业的特殊性，社会与他人对教师道德水准的要求肯定要高于对其他行业的要求，教师自身必须要严格要求自己。因为教师职业具有工作对象的特殊性和多变性、学生成长的导向性和示范性、工作内容的超前性和创造性、教师职业的崇高性和不可替代性等特点。特别是高校教师，其思想政治素质和道德情操更是直接影响着青年学生世界观、人生观、价值观的养成，决定着人才培养的质量，关系着国家和民族的未来。

师者，需自律。立德先立师，树人先正己。“师者，传道、授业、解惑也。”这是千百年来对教师职业最为经典的解读，也是社会对教师的期望。学为人师，行为世范，以高尚的道德情操和充满正能量的人格品质熏陶感染学生，是每一位教师，特别是高校教师的神圣使命。中华民族历来重视德育，“立德”为我国古代“三不朽”之一。《左传》载：“太上有立德，其次有立功，其次有立言，虽久不废，此之谓不朽。”这就是说，人生最高的境界是实现道德理想；其次是建功立业，再次是著书立说。这三者是人生不朽的表现。把“立德”摆在第一位，是因为万事从做人开始。高尚品德是为师之魂、立学之魂、育人之魂。

一方面，教师要深刻理解教师职业的内涵与职责，实现准确的自我定位。选择了教师职业，就负有教书育人、为人师表的职责和使命，就要热爱教师岗位，就要耐得住清贫，坐得住冷板凳，要靠自己过硬的本领塑造职业威望和职业自豪感。另一方面，教师要自觉加强职业素养，严格职业操守。教师的角色定位是由教师自身的行为和形象所决定的，而教师的角色形象又是教师在从事教育教学过程中所表现出的职业形象，对教师素质的形成起控制与推动作用。崇高的职业道德、与时代精神相通的教育观念和良好的个性修养，是现代教师必备的职业素养。思想政治理论课教师更应该是党和国家意识形态的传播者和坚定的维护者，面对社会上的各种不正之风，要用马克思主义的立场、观点和方法来观察和分析，提出批评和建议，用正确的观点来教育和引导学生，传递正能量。

笔者曾作为评委观看了中共山东省委高校工委组织的全省思想政治理论课教师的讲课比赛。老师们虽然选讲专题不同，切入点各异，选用的案例也不一样，但讲述的道理都非常深刻，揭示的主题和传递的思想都充满着智慧和正能量，台上台下互动热烈，掌声不断。我被这精彩的课堂吸引了，感动了。这样的思想政治理论课不仅传授了知识、启发了智力，而且还很自然地把社会主义核心价值观融入到教学之中，传递的是正确的世界观、人生观、价值观和荣辱观。应该说，在全球化、信息化时代，多元化的价值观、日新月异的社会发展、海量的信息传递，使思想政治教育面临前所未有的挑战。照本宣科式的教育，已无法将“德”字镌刻在学生们心头。改革教育教学方式，以增强思想政治教育的针对性、实效性和亲和力、感染力，成为哲学社会科学教师面临的新课题。但改革教育教学方式不等于对党的方针政策进行任意解释，更不能不顾实际地“抹黑中国”，而是要通过生动鲜活的事例把社会主义核心价值观融入教育教学全过程，在教师的言传身教中传递教育的正能量，使学生在“润物细无声”中把“富强、民主、文明、和谐、自由、平等、公正、法治、爱国、敬业、诚信、友善”的社会主义核心价值观的基本内容内化于心、外化于行，进而增强对中国特色社会主义的道路自信、理论自信和制度自信。

从学校和教育管理部门来说，作为育人的重要场所和管理者，有责任引导督促建立健全师资引进、师德培养、师德考核、师德监督、师德激励、师德惩处机制，把师德建设纳入制度化、规范化、常态化管理。立德树人，学校教育是根基，领导重视是关键，制度建设是保障。如果说高校存有师德低下、“抹黑中国”、违法乱纪、以“社会险恶”吓唬学生、劝导学生“厚黑保身”的现象，除去教师自身存在的问题以外，学校也有着不可推卸的管理责任。2014 年 9 月 29 日教育部颁布的《关于建立健全高校师德建设长效机制的意见》也指出了这个问题，主要是有些高校对新时期师德建设重视不够，工作方法陈旧、实效性不强。对此，需要建立健全高校师德建设制度体系。

首先，从“选人用人”体制来看，目前高校教师的“入口”基本上是以学历为标准，通过招聘考试加入教师队伍。实际上，教师的职业素养是很难以学历高低来衡量的，招聘考试也只能测试其是否具备教师的知识素养，而很难测出其是否具备教师的职业素养。因为职业素养不仅需要有扎实的专业知识和能力，而且还需要有教育教学技能和为人师表的高尚师德。这些素养不仅需要职前培养，而且还需要职后培训。而目前我国高校实行的教师入职后的培训多停留在教师基本功的提升方面，针对教师的从业动机、价值观、师德的培训则非常贫乏。再加上一些高校管理体制越来越趋向行政化，科长、处长、所长、院长越来越多，并且很多人趋之若鹜，致使一些一线教师有某种程度的职业倦怠和疑虑。

其次，从“教师评价”体制来看，目前我国高校对教师的评价大都通过名目繁多的教学科研量化指标来衡量，要求教师在一定时间内完成规定的教学科研工作量，包括精品课程建设、教学课时量、发表文章的数量和级别、获奖成果的等级、承担课题的档次，等等。这种定量性的评价机制虽然有利于管理，但却很难将教师的个人成长与学校育人事业的发展有机地结合起来，一定程度上反而影响着教师的专业发展。特别是对从事教学工作时间短、科研积累尚不深厚的青年教师来说，为了完成岗位目标千方百计地发表缺乏深入研究的论文，追逐科研立项，把大量精力用在应付完成工作量上，而对教学质量、工作态度、敬业精神、师德品质、社会工作、管理服务等软的内容则很容易忽视。

再次，从教师“主体权益”保障机制来看，虽然很多高校都建立了学术委员会、教授委员会、教学委员会等机制，但实际上很多委员会形同虚设，教师很少有机会参与治校治学，特别是对干部的选拔任用教师几乎没有知情权，教师的主体地位缺乏制度保障。从这个意义上说，教育部颁布的《关于建立健全高校师德建设长效机制的意见》非常及时，中共山东省委高校工委组织的思想政治理论课教师讲课比赛更是鼓舞人心。这既是对师德高尚、教学优秀者的鼓励，也是对师德低下、不求上进者的鞭策和督促，更是全面建立和健全高校师德建设长效机制的良好开端。弘扬的是正气，传递的是正能量。建立健全“以社会主义核心价值观为基本遵循，以立德树人为出发点和立足点，关注高校教师发展诉求和价值愿望，激发高校教师的责任感和使命感”的高校师德建设长效机制，无疑对推进高等教育事业科学发展、培养中国特色社会主义事业的建设者和接班人、实现中华民族伟大复兴的中国梦具有重大而深远的意义。

我国改革开放的总设计师邓小平早就说过：“制度好可以使坏人无法任意横行，制度不好可以使好人无法充分做好事，甚至会走向反面。”我们相信，随着高校师德建设长效机制的建立健全，高校教师的师德水平必将得以总体提升，让党和人民满意的教师扎根校园，净化教育环境，还教育以净土蓝天！

管理篇

励精图治谋发展*

2003年11月22日，政教专业复办二十周年暨政法分院成立庆典大会在鲁艺剧院大礼堂举行。我作为政教专业复办二十年来的见证人和政法分院的负责人，怀着无比激动的心情向出席大会的各位领导、各位系友、各位来宾、各位朋友致以最热烈的欢迎和衷心的感谢！下面向大家作如下工作汇报：

一、悠悠岁月艰苦创业

在院党委的关怀下，在各级领导部门的支持下，于2003年3月正式成立。其前身——政教专业在“文化大革命”期间曾一度停止招生，1983年才恢复招生。当时办学条件极为困难，只有政治教研室，1983级政教班的学员第一学年是在济南市教师进修学院上课，第二年才返回本校上课，当初条件的艰苦可想而知。1985年1月，政教系正式成立，全体教师在老主任的带领下积极探索新的办学模式，在全国率先举办了政教专科起点的二年制本科，同时招收人口教育专科学员，还为部队和党政机关以及企事业单位培养了一批优秀干部；1988年开始招收历史教育专科学员；1989年人口教育专业开始招收专升本学员。

20世纪90年代初，随着我国改革开放事业的不断深化，办学思想也不断解放。1992年成立了人口教育研究所，1994年成立人口教育系，在招生本、专科学员的同时，还举办了多期人口与青春期教育

---

* 此文系2003年11月22日在政教专业复办二十周年暨政法分院成立庆典大会上的发言，题目是后加的。

短期培训班，为全省培养了大批计划生育管理干部。与此同时，政教系党政领导抓住时机，开门办学，在教育学院首创了招收自费生之先河，于1992年举办了韩语外事大专班，为处于对韩开放前沿的烟台市培养了一批韩语专业人才。1994年政教系改名为政史系，当年历史教育专业开始招收专升本学员。1999年政史系与人口系分别招收市场营销和人口社会学与人口工作高职学生，开辟了新的办学领域。2000年3月，政史系与人口教育系合并，成立政史与人口教育系，同年10月，我们响应国家教育部关于实施“跨世纪园丁工程”的号召，成功地举办了高中历史骨干教师国家级培训。之后，又举办了多期中学历史、中学政治和小学思品的骨干教师省级培训以及基础教育新课程骨干培训者国家级和省级培训。2002年我们新上了法律成人专科，并开始招生。

随着招生人数的增加和办学规模的扩大，2003年3月党委决定，政史与人口教育系更名政法分院。政法分院的成立极大地鼓舞了全体师生的士气和开拓创新的积极性。在成人教育各专业生源日趋萎缩的情况下，我们新上了旅游与酒店管理、社区服务两个高职专业和法律专升本专业，现在我们又申报了思想政治教育普通本科专业、地理教育成人专升本和保险学专业的高职专科。政法分院设有“四系、一所、四本、七专、四高”的专业培养体系，即设有政教系、历史系、法律系、人口与经济系四个系和一个人口教育研究所；设有思想政治教育、历史学、人口教育、法律四个成人本科专业和思想政治教育、历史学、人口教育、法律、经济管理、行政管理、地理教育七个成人专科专业；还有市场营销、人口社会学与人口工作、旅游与酒店管理、社区服务四个高职专科专业。另外，中学历史骨干教师国家级培训基地也设在政法分院。

二、桃李芬芳结硕果

一分汗水，一分收获。自1983年政教专业恢复招生以来，政法分院各专业已培养成人本科学员3063人，成人专科学员1242人，高职学生309人，培养人口教育专业证书班学员近1000人，中小学骨干教师国家级、省级培训学员近300人，人口与青春期教育短训班培养全省计生干部及教师近3000人。现有在校脱产学生366人，函授生600余人。据不完全统计，已毕业的学生中，已经取得博士学位或博士在读的有30多人；取得硕士学位或硕士在读的有400多人。有不少学员已成为各级党政部门的领导；大部分学员成为山东省基础教育的骨干，有相当一部分学员成为全省各级中小学或教育行政部门的领导。自1999年举办高职专业以来更是取得了丰硕成果，已经毕业的三届高职学生中，就业率达80%以上。现已有不少学生成为三联、银座、太平洋保险等大型企业的骨干。

与此同时，我们在教学实践中还锻造了一支素质过硬的教师队伍。二十年来，我系教师中有14人被评为教授、副教授，2人获曾宪梓教育基金奖，1人被评为全国优秀教师，2人被评为山东省优秀教师，2人被评为山东省有突出贡献的专家学者，享受政府特殊津贴，2人被评为山东省高校优秀党员，1人获得山东省"富民兴鲁"奖章，1人获"山东省高校十大优秀教师"提名奖，1人获山东省"巾帼建功标兵"荣誉称号，1人获博士学位，3人在职读博，6人入选山东教育学院学术骨干和学科带头人培养对象，多人获院级优秀教学奖。二十年来，各位教师在做好教书育人工作的同时，积极从事科学研究，取得了丰硕的成果。据不完全统计，自1983年招生以来，全系教师出版专著30余部，出版教材100余部，在《北京大学学报》《历史研究》《社会主义研究》《人口研究》《人口学刊》《文史哲》《光明日报》《中国教育报》《山东大学学报》等全国著名报纸杂志发表学术论文400多篇，有不少论文被《新华文摘》《中国人民大学复印报刊资料》全文转载，有多篇论文在国际学术会议上宣读，并引起很大反响。二十年来，我们还承担并完成了国家重点科研项目2项，省部级科研项目6项，省教育厅项目多项；有3项科研成果获国家部委奖，15项成果获山东省社会科学优秀成果奖，6项成果获省教委优秀科研成果奖，有一大批成果获院级优秀成果奖。

三、励精图治谋发展

抚今追昔，心潮澎湃。从当年的政治教研室发展到今天的政法分院，从一个政教专业扩大到今天的“四系、一所、四本、七专、四高”，从单纯的学历教育跨越到今天集学历教育、高职教育、继续教育于一体的多层办学体系，从当年政治教研室的几位教师发展到今天这支由教授、副教授、讲师、助教以及硕士、博士构成的30多人的教师队伍，这其中凝聚了多少领导的关怀、多少老师们的汗水、多少学员们的努力、多少各界朋友的支持！在此，我代表全系师生向关心、支持、帮助政法分院发展的各位领导、各位前辈、各位系友以及各界朋友致以最崇高的敬意和衷心的感谢！

悠悠二十年，弹指一挥间。昔日的莘莘学子，已成为今天祖国的栋梁！而年轻的政法分院，才刚刚起步！无论是学科建设，还是专业设置以及人才培养模式，都还需要我们进一步探索和研究。我们将继续发扬“团结奋进、敬业创新”的优良传统，坚持“学高为师、身正为范”的原则，学习他人，孜孜以求，不断提高教学质量，努力培养高素质人才！

在此，特向各位老师们、校友们同学们表示昨天我们由大家的相会而荣幸！今天我们因大家的相聚而荣耀！明天我们将在大家的支持下，在院党委的领导和关怀下，不断开拓进取，攀登新台阶！希望各位为政法分院的未来发展出谋划策，留下真知灼见！

走出国门实施教育实习的尝试

学生走出国门进行教育技能实习，无论是对专业发展，还是对整个学校的学科建设，都是一次开创性的尝试。这种实习形式不仅有益于学生技能的提高和锻炼，而且还有助于开阔他们的知识视野，快速增长智慧和才干。同时，对促进学校的国际交流，提高办学声望都有着重大意义。

2005 年 2 月，经过近半年的接触和洽谈，我们与新加坡凯日国际有限公司联合，从 2003 级酒店与旅游管理专业的学生中选拔了 20 名外语能力强、综合素质高的学生赴新加坡进行为期半年的实习。实习学生出国前进行了严格的专业技能、对外交往知识和出国纪律等方面的专门教育和培训，到达实习目的地后进行了分工，并按照出国前的组织程序，由专门辅导教师及时与同学联系，协调实习过程中遇到的系列问题。

根据学校党委的安排，2005 年 6 月 29 日至 7 月 5 日，我在学校领导的带领下，与教务处负责人一起前往新加坡看望了在那里实习的学生，考察了南洋理工大学，探讨了中小学校长培训的事宜。考察虽然是短暂的，但收获却是多方面的。考察结束后，依依不舍地离开学生登上了回国的飞机。飞机在翱翔，我的思绪在翻腾，禁不住写下了这几天的所见所闻、所思所想。

其一，学生走出国门实习尝试首告成功。学生出国前，我们一直惴惴不安，恐怕出现遗漏、发生意外。党委也高度重视，专门召开院长办公会，让我做了专项工作汇报，在很大程度上意味着向党委立了军令状——保证学生安全归来。对此，政法分院的党政领导多次开会研究讨论，最终还是下决心走出去，给学生搭建一个更宽更广的发展平台，同时作出了几项规定：一是成立专门学生出国实习领导小组，由我担任组长；二是组织学生自愿报名，与学生家长见面，由学生家长签署同意书；三是对出国学生进行分组，每个小组设组长，全体同学设实习班长和副班长，男女生分别设联系人，联系人每周向实习领导小组组长汇报实习情况，每实习小组与实习指导教师保持经常性联系；四是聘请外事管理部门负责人讲授出国安全管理等方面的知识；五是对准备出国实习学生进行为期一周的岗前培训；六是每个实习小组每个月写一份实习报告或体会(包括收获和遇到的问题)，通过邮件形式传给实习指导教师，由实习指导教师及时汇总给实习领导小组，以便跟踪指导；七是实习结束后每人交一份实习总结报告。各方面准备充分后由实习领导小组副组长党总支副书记于春节前专门陪同第一批实习学生前往新加坡，之后学生分几批陆续到达。

刚到实习岗位的学生还是很不适应的，经常打来电话诉说实习中的劳累、饮食不适和思乡之苦，甚至有的同学还哭鼻子，嚷着要回来，有的多次说想吃康师傅方便面、阿香婆辣椒酱、乡巴佬鸡蛋等。正因这样，我才忙着办手续前去看望他们，并拖了两个大旅行箱，给他们带了很多吃的。但当见到他们时，他们已经习惯了新加坡的实习生活，同学们在高兴之余又不好意思地说："谢谢老师，辛苦地带来这么多食品，实际上现在大家已经习惯了这里的生活。"哈哈大笑后，同学们积极主动地给我们介绍了来新加坡后的实习情况，并对每个小组的工作情况、老板的特点以及对待大家态度的转变等做了详细汇报。学校领导给学生们讲述了学校的发展情况以及对他们的要求，希望他们再接再厉，争取圆满完成实习任务。同学们信心十足，表示一定圆满完成实习任务，为学校争光，为祖国争光。

其二，走出国门实习磨炼了学生的毅力，培养了学生的管理能力和交往能力。走出国门实习，对我们的教育教学和管理来说，是首次尝试；对学生来说，也是一次严峻的考验。他们到新加坡后，遵纪守法，听从中介公司的安排，克服了重重困难，从不适应到逐步适应，从不懂管理到技能娴熟，处处得到了实习单位的高度赞扬。短短四个月，真的刮目相看。无论是就学生所在单位的工作状态看，还是从他们的收获来看，都超出了我们原来的预想。尽管他们也经历了一些磨难，但从总体上看是收获和提高大于困难，每个人的精神风貌都发生了变化，不仅成熟了，长大了，而且更有能力，更自信了！他们精神抖擞，干劲冲天，不仅掌握了工作技能，更重要的是提高了独立生存的能力，学会了和睦相处，懂得了珍惜拥有。这为我们将来送学生走出国门实习或学习奠定了基础，也为我们下一步扩大对外交流打开了一个窗口。

其三，新加坡的教育教学值得我们学习。7 月 1 日，我们一行 3 人在凯日国际有限公司领导的陪同下访问了南洋理工大学人文与社会科学院，院长吴伟教授、主任吕国钧博士、经理王航教授热情接待了我们。校领导介绍了我们学校的情况，双方进行了热烈交谈，探讨了未来合作办学的意向，之后参观了人文与社会科学院的培训中心和整个南洋理工大学校园，主、客合影留念。南洋理工大学的前身是新加坡政府 1981 年创办的国立南洋理工学院，1991 年在院内结构重组的基础上与国立教育学院（NIE）合并更名为南洋理工大学，现设有 12 个学院，包括航空工程、生物工程、计算机工程、电气与电子工程、环境工程、材料工程、会计、新闻传播、中文、心理学、社会学等 20 多个专业，教职员工 3700 多人，在校生 25000 人，其中研究生 7000 余人，中国留学生占 20%。自中国改革开放以来，南洋理工大学还举办了多期针对中国政府高级官员的培训班。人文与社会科学院近年来又举办了管理经济学硕士班和公共管理硕士学位（MPA）课程班，面向中国招生。其培训课程的具体内容和时间，一般是根据学员的要求进行设计，理论学习与实地考察相结合，使学员在掌握专业基础理论的同时，亲身了解新加坡的社会经济结构、政府机构及其管理的具体运作。

通过对南洋理工大学的肤浅考察，我们对新加坡的教育事业有了一个粗浅认识，特别是那里雄厚的师资队伍让我们感叹，新加坡人对教育的尊重也非常令人敬佩。在那里，人们以从事教师职业为荣，尤其从事基础教育职业地位较高，他们真正将教学视为自己的事业，倡导“国家至上，社会为先，家庭为根，社会为本，关怀扶持，同舟共济，求同存异，协商共识，种族和谐，宗教宽容”的价值观，注重道德教育。据新加坡授课专家介绍，他们的教育理念很多都是从中国学过去的，但他们比我们落实得好，并发扬光大。新加坡的道德教育渗透在学校教育、家庭教育、社会教育之中，强调教育的使命是“塑造国家的未来”，学生一定要具备良好的道德。现在培养、造就什么样的人，将来就有什么样的人建设国家。为此，对教师的要求也比较高，并且建立了教师终身进修制度。即专业教师每隔 2～3 年就要从事一段时间的工业项目的研制，以使专业教师不断从生产实践中汲取营养，充实自己。以南洋理工大学为例，该校明确规定，每个员工平均每年必须有 25 天的培训时间，其中，很重要的形式之一就是到企业进行短期培训。新加坡不仅非常重视教师的进修和培训，而且重视教师与国际接轨，鼓励并帮助教师到海外讲课或在海外企业学习、兼职，以培养师资的区域化和国际化教学水平。学校每两年负担每一位教师一次到国外参加学术会议的费用，而实际上一年到海外一两次的教师有许多，甚至很多博士生在 2～3 年里也有参加 1～2 次国外学术会议的机会。学校还坚持实行课程的校外评审制度，由外国知名学府的资深学者担任评审，定期考察，力求公平、公正、学术前沿。所有这些，对我国教育改革无疑具有重大启发。

其四，对外合作前景广阔。我们在看望实习学生的同时，与凯日公司李志明经理进一步探讨了不同专业学生到新加坡实习的事宜。校领导介绍了我们学院的专业设置和学生培养的特点，李志明经理也介绍了新加坡政府的有关规定以及对中国实习学生的要求，对我校旅游英语专业的学生即将前去实习表示欢迎。同时，也对我校学前教育专业的学生将来到新加坡幼儿园实习的问题进行了探讨。通过洽谈，我们深刻地感受到了走出国门对学生人生磨炼的重要意义。特别是置身于新加坡这样一个美丽的法治国家和东西方文明的汇聚地，对人才的培养，特别是对青年人的成长、成才有着重大的熏陶价值，对培养学生的世界眼光和世界胸怀具有重要启发。特别是我们考察了南洋理工这所世界闻名的现代化综合性大学后，对他们的办学模式（脱产学习与短期培训相结合）、教师的讲学模式（教室课桌的摆设都是几个桌椅围在一起式，便于研究性学习；教师的讲稿也都是开放性的，课后都放在讲桌上）及对学生的管理模式（实行学分制，学生可以利用课余时间经营学校内部的酒店、书店，还可以出国交流等）都感觉非常新颖。实践证明，我们与凯日国际有限公司合作，把我们相关专业的学生送到那里实习，是成功之举。如果我们能够与南洋理工大学合作，把干训、师训学员送到那里学习，想必对我们学校对外交流事业的大发展具有重要影响。

总起来说，新加坡之行，我不仅看到了实习学生的成长，而且还见识了新加坡社会的繁荣与发展。特别是其作为后起的工业化国家，无论是社会管理还是社会成员的综合素养方面，都非常值得我们学习。尤其是新加坡的学校开展的一些“男女有别”的教育训练活动，如对男生注重培养勇于担当、负责任精神以及户外生存能力训练，对女生则培养淑女气质和持家能力等，对我们的教育都有着重要启发。对我们来说，与国际接轨还存在一定差距，需要不断努力，更需要不断走出去扩展视野。

先“导”后“疏”:招生就业一盘棋*

当前是我国大学生就业比较艰难的时期,而造成这种困难的原因又是多方面的。从总体上来看可以归结为三种情况:一是全社会就业压力大,城镇新增劳动力就业、农村劳动力转移、下岗失业人员再就业等构成三股洪峰汇集在一起,致使大学毕业生难以一步到位地实现理想的就业。二是高校专业结构设置与人才市场需求脱节,毕业生的专业构成与市场需求错位,是制约毕业生就业的关键因素。长期以来,学校专业设置和调整不是面向市场需求,而是单纯立足于自身师资条件,招生和专业设置与市场需求脱节,导致结构性矛盾更加突出。三是部分大学生好高骛远,高不成低不就。一方面是培养的高级人才找不到工作岗位,另一方面是有些工作岗位没人能够上岗。这就形成了三个根本性的矛盾:一是毕业生数量急剧增长与就业岗位增长缓慢的矛盾,二是毕业生专业知识结构与社会需求不相适应的矛盾,三是毕业生择业期望与用人单位实际需求的矛盾。

针对这一现实,结合政法分院的实际,我们从专业结构调整入手,以提高教学质量为重点,加大管理力度,努力做好招生的“向导”和就业的“引导”两篇大文章。具体做法如下:

一、把学生就业工作寓于招生工作之中,做好招生的“向导”和就业的“引导”

这里所说的先“导”后“疏”的“导”,就是“引导”的导、“导师”的

---

* 2005年12月23日在学校招生就业工作会议上的发言。

导。具体到工作中，表现在两个方面：一方面，在招生时就要以人才市场的需求为导向，无论是专业的设置，还是招生的规模，都要建立在对人才需求市场的认真调查和预测基础之上，做到有的放矢，当好招生和就业的“向导”；另一方面，从学生入学开始，无论是思想教育，还是专业课程、技能课程的开设和讲授都要以促进学生的就业为目标，科学合理地落实教育部关于学科培养的教育教学规划，当好学生在校学习和将来走向社会就业的“导师”。

第一，为了适应社会发展的需要和人才培养机制的变化，我们不失时机地进行了专业结构的大调整。一方面，忍痛割爱，停止了在我校历史悠久的政治教育、历史教育成人本专科专业的招生；另一方面，上下求索，依托对人才需求市场的考察与预测，相继申报了市场营销、旅游管理、社区服务、保险实务、社会工作五个高职专科专业和一个思想政治教育普通本科专业。这不仅使我们走出了招生规模萎缩的低谷，在校生由三年前的360多人发展到现在的1037人，而且还给我们的培养机制和培养模式的改革提供了契机和机遇，为学生的就业打开了新的窗口。

第二，为了适应招生规模的扩大和未来学生就业的需要，我们在进行入学教育的同时也就开始了对未来就业的指导，使他们一踏进大学校门就要知道明天该干什么，能够干什么。为此，我们还专门请了我们学校招生办杨磊主任、我省特大国有企业中国重汽集团人力资源部王新建部长作了招生就业方面的指导报告；针对普通本科专业挂靠聊城大学的事实，专门邀请了聊城大学教务处林建华处长介绍了聊大的就业情况和学生的培养问题。通过多方面的教育引导，使学生们牢固地树立起“为求知识走进来，服务社会走出去”的学习及就业理念。

第三，在日常教学和管理工作中贯彻有效指导学生树立正确的就业观的思想意识，要求每一位教师在履行其“传道、授业、解惑”职责的过程中有意识地对学生未来的就业问题进行正确引导。近年来，为适应专业结构调整的需要，特别是适应多种新专业的开设，每学期开学后我们都要召开教师座谈会，就各专业的教学内容、教学要求、教学模式、教学方法改革等问题进行研讨，期末结束时再举行教学工作论坛，其中一个非常重要的内容就是要为学生将来的就业服务。群策群力，使每一位教师都献计献策，关心学生的成长，关心学生的成才，关心学生的未来，真正发挥“导师”的作用。

二、把学生就业工作寓于日常管理工作之中，疏通多种就业渠道，做好学生思想上的疏导和能力上的疏导

常言道：“工欲善其事，必先利其器！”毕业生就业工作是一项系统工程，绝不是可以一蹴而就的。除去在招生时做好“向导”外，还要建立多种疏通渠道，为学生就业创造条件。结合我们的工作实际来看，主要做了如下几点：

1. 建立健全就业工作领导机制。近年来，在校党委和学生处的领导下，我们分院成立了以分院院长为组长，总支书记为副组长，分院副院长、团总支书记和辅导员为组员的毕业生就业工作领导小组，具体指导毕业生就业工作。该领导小组不仅负责采集毕业生就业信息，制定指导计划，而且还要及时解决毕业生在就业问题上遇到的各种思想困惑。领导小组成员分工负责，实行目标责任制，广开门路，调动工作人员的积极性，同时充分发挥全体教师的个人力量，形成以教师为中心向外发散辐射的就业信息联系结构，形成人人关心、人人参与毕业生就业工作的良好局面，建立起毕业生就业工作的长效机制。

2. 建立健全“宽口径、厚基础”的人才培养机制。为确保人才培养质量的提高以及适应就业市场的需要，我们着重做了如下几方面的工作：一是明确培养目标。对高职专业的学生强调的是适应社会主义市场经济需要的综合性应用型人才；对普通本科专业的学生强调的是适应于中小学新课改的教师队伍的需求以及为高等学校输送研究生、博士生。无论是何种类型的培养目标，都注重鼓励学生刻苦学习，形成比较宽厚的知识储备，勤于实践，厚积薄发。二是树立全

员、全程、全方位的“三全”育人指导思想。无论是教学人员还是管理人员，都必须严格要求自己，严格要求学生，言传身教，形成“三全”育人环境。三是强化专业特色。厘清不同专业的培养规格，对学生未来发展的趋向进行恰当定位，例如：旅游与酒店管理专业的学生着重为酒店、旅行社培养合格的高素质管理和服务人才；社区管理、人口与社会工作专业着重为居委会、社区培养合格的高素质管理和服务人才；市场营销专业主要是面向市场，为企业培养营销和管理人才。

3.创造条件，提供信息，疏通多种就业渠道。胡锦涛总书记在关于“实施大学生志愿服务西部计划”的指示中指出，大学生“欲展鲲鹏之翼，必先厚积人生历练”。在人生的征途中，大学毕业迈出就业的第一步时，学历和所毕业的学校有比较重的分量。但是从第二步起，经历就会在竞争中加重分量。再到后来，学历和所毕业的学校就会慢慢被忽略。基于人生经验的总结，为了改变我们教育学院在社会上以及学生就业方面的弱势地位，强化学生的就业本领，我们具体抓了四个方面的工作：

一是把学生的实习、实训与学生的就业联系在一起考虑，与公司、企业建立多边关系，合理安排实习时间，强化动手能力、实践能力的培养。开拓办学门路，首次派学生到新加坡实习，不仅锻炼了学生的专业技能，而且还使其开阔了视野，增长了将来就业的本领。目前，我们正在探讨实行与国外大学联合培养或与企事业单位实行定单式培养等模式。

二是建立和完善“双证书”和“多证书”培养培训制度，提高学生在就业市场上的竞争能力。我们现在已经与省社会劳动保障厅联系，设立了“保险代理人资格证书”、“人力资源管理证书”、“营销师证书”等职业资格证书的考试认证点。2004级保险学高职班已经有50％的学生通过了“保险代理人资格证书”的考试，为未来就业储备实力。

三是鼓励学生学好英语和计算机，狠抓英语三级和计算机一级的通过率。及时给学生进行升本专业辅导和心理辅导，帮助学生作好充分准备，以升入本科阶段接受更高层次的教育。

四是认真指导学生制作个人应聘简历，传授面试技巧；及时把就业政策和各类招聘信息传达给学生，鼓励学生大胆尝试，坦然面对就业的各种挑战。

4.引导毕业生树立正确的择业观。强化学生的人生观、价值观、择业观和创业观教育，帮助学生转变就业观念，降低就业期望值，树立到基层、到艰苦的地方和行业去就业和创业的理想。

择业，顾名思义，就是劳动者选择从事经济和其他有益于社会的活动，并获得劳动报酬，一般的理解就是找工作、挣钱、谋生。大学毕业生择业是通过毕业时对职业的合理选择，使所学专业与工作岗位全面、迅速地相结合，最大限度地发挥自己的潜能，获得最佳的经济效益和社会效益。但在职业选择过程中，择业者不仅要考虑到个人的需要、兴趣、能力等因素，而且还要考虑社会及人类的需要。人们的兴趣、爱好和能力不同，个性特征和思想水平特别是人生观和价值观不同，对职业的选择也就有所不同。

对此，我们经常引用马克思早年写的《青年选择职业时的考虑》一文的观点勉励学生。马克思强调："我们在选择职业时所应遵循的主要指针，是人类的幸福和人们自身的完善。""如果我们选择了最能为人类服务的职业，我们得到的将不是可怜的、有限的和自私的快乐，我们的幸福将属于亿万人。"这段精彩的论述启示我们，为千百万人的幸福应该是青年人选择职业的指针，对于当代大学生来说更应如此。可以说，每一个大学生，学成之日自应是报效祖国之时。

总之，大学生就业工作是一项系统工程，需要常抓不懈，人人关心，人人参与，多管齐下。在前进的道路上，我们将不断摸索，努力当好学生的"向导"和"引导"。

恪尽职守,学校改制我当先*

一年一度的暑假学习班,感触很深,收获颇大,可以说是常学常新。在全校上下齐心协力为改制工作而奋斗的过程中,每个人都必须以实际行动为这一中心工作添砖加瓦。作为一名来自教学一线的教师,作为一名来自基层单位的负责人,我自然对改制有着深刻的认识和殷切的向往。

从发展的角度看,改制工作不仅是学校功能定位的转型,而且还是思想观念、客观行为、领导体制、运行机制与管理模式等方面的一次历史性、根本性的深刻变革。作为亲历学校恢复办学以来发展的见证人,有责任、有义务为学校的发展身先士卒,作出应有的贡献。

1. 以大局为重,通力合作,自觉加强基层领导班子建设。2006年3月学校干部人事调整后,面对人手少、师资短缺的情况,新组建的领导班子首先端正思想,调整内部组织结构,为了"大家"舍"小家",加班加点,通力合作,各项工作很快步入正轨。大家互相团结,时时处处以学校的工作、党的事业作为行动的前提,相互支持、配合,不计较个人得失;班子内部经常开展谈心、交心活动,沟通思想,消除隔阂,增进了解,相互之间坦诚相见,求大同存小异,相互关心、谅解、支持,做到了不利于团结的话不说,不利于团结的事不做,防止和克服当面不说背后说、会上不说会下说和不严格执行党委决定的自由主义现象,坚持廉洁自律,以身作则。

2. 敢为天下先,加大专业结构调整力度,为全校招生规模的扩大

---

* 2007年7月10日在全校处级干部论坛上的发言。

作出应有的贡献。近年来，我们不断加大专业结构改革力度，“立”字当头，破在其中，亦破亦立。为了适应社会发展对人才的需要，也为了走出传统的政治教育、历史教育等成人专业招生的困境，我们组织不同专业教师在大量社会调研的基础上，通过咨询专家，相继申报了市场营销、旅游管理、社会工作、社区服务、保险实务、人力资源管理六个高职专科专业和一个思想政治普通本科专业。不到三年时间，我们原来的政治、历史、人口教育、法律等成人脱产专业全部被高职专业和普通本科专业所代替，学生人数也由原来的260多人增加到1180多人，大大提高了办学规模和办学层次。

3. 凝心聚力，充分调动广大师生的积极性和创造性，创立以“和、合”为特色的系风。民能载舟也能覆舟，群众是真正的英雄。可以说，领导干部站起来是把伞，要时刻为群众遮风挡雨；趴下去像头牛，俯首甘为孺子牛。领导干部们“深怀爱心，默默耕耘，埋头苦干，任劳任怨”的精神风貌，自然有利于营造和谐向上的工作环境。近年来，随着我们专业的增加，教师队伍和学生数量也在迅速扩大。为了真正发挥人多力量大的威力，我们注重发挥领导干部的带头作用，努力营造团结和谐、互相信任、互相关心、互相支持的良好氛围，坚持凝心聚力，充分调动每一个人的积极性和主动性，使全体师生得到全面而自由的发展。

4. 开拓进取，坚持招生、就业“两手抓”。坚持“请进来，走出去”的方针，一方面，聘请专家讲授专业知识，引领学科前沿知识，使学生从入学就开始熟悉就业问题，为迎接未来作好充分准备；另一方面开动脑筋，走向社会，全方位联系实习基地，与新加坡凯日公司、省军区招待所建立了友好关系，开创了学生出国实习和军民共建同育英才的新模式。这不仅拓宽了学生的实习就业渠道，而且还与社会和世界密切了联系，在很大程度上提高了学校在社会上的威望，在一定程度上改变了社会上对知识分子的看法和偏见。

作为一个理想主义者，我一直欣赏着每届毕业生都会说的告别词：“今天我以学校为荣，明天学校将以我为荣！”当我们站在新校区的建设工地上时，曾是那样豪情满怀，那幅新校区工程设计图向我们展示着学校辉煌的未来。但是，美好的未来不可能是凭空创造的，它需要我们不断地奋进，不断地努力才能实现。要充分发扬“团结进取、干事创业；审时度势、抢抓机遇；知难而进、勇于突破；淡泊名利、无私奉献”的校区建设精神，从自身做起，做好改制的各项工作。

1. 不断加强学习，努力提高管理水平和管理效率。管理是一门大学问，它涉及人、财、物等方方面面，其中的奥妙无穷无尽。不仅需要管理者具有丰富的专业知识和社会实践经验，而且还需要管理者具有高度的责任感和事业心。要严格按照学校提出的“高水平管理、高标准建设、高质量办学”的要求，严格管理，以转制为核心，进一步修改和完善分院系的教学、科研、管理等各项规章制度，尽快适应由成人、高职教育向普通师范院校转轨的需要，把各项管理工作做仔细，做扎实。

2. 加强师资队伍建设，力争三年之内在分院内建立四支精干的师资队伍。一是要建立一支具有学士或硕士学位、能够有效适应培养高职专业技能性的专、兼职教师队伍；二是要建立一支具有良好的政治素养、扎实的专业知识、真学、真懂、真干的公共政治理论课教学队伍；三是要建立一支具有博士、硕士学位，适应普通师范本科教育的教学科研队伍；四是建立一支既了解学生心理又了解社会市场需求、集学生管理与就业指导于一体的学生工作管理队伍。

3. 继续调整专业结构，根据形势发展，对现有的六个高职专科专业进行整合，力争三年内建设一个院级重点专业，创建一个适合于转制的普通师范本科专业，组建三个师资力量雄厚、招生就业优良的高职专科专业，争取建设三门省级精品课程，四门院级精品课程，从而为转制创造条件和奠定基础。

4. 加大科研工作力度，争取三年之内在分院内组建两支精干的科研队伍，多出成果，出好成果。一是组建一支以新兴高职学科建设改革为研究内容、以年轻教师为主体的教学研究队伍，结合高职教育的特点，围绕教学模式、教学方式、培养模式、课程设计等内容展开研究;二是组建一支以学科前沿内容和热点问题为研究对象、各学科带头人为主体、以研究所为基地的学科建设研究队伍。两支队伍可以互相交叉,各学科知识互相激荡,努力申请各级各类科研课题,多出成果,出好成果。

5.弘扬团队精神,发挥鲶鱼效应,做好青年教师的传、帮、带。现代管理学既宣扬团队精神,又强调鲶鱼效应。两种管理方法看似不同,实际目标都是为了实现管理的高效率和人才的快速发展。我们要建设普通高等师范学院,既需要团结一致为统一目标和标准而坚毅奋斗到底的团队,又需要发挥鲶鱼效应,激励快出人才,多出人才。所以,作为教育教学的老兵,我有责任和义务对青年教师的培养和培训尽微薄之力,无论是在教学方面,还是科研方面,都要当好青年教师的参谋和师长,鼓励、支持、帮助他们快速发展,早日成才。

坚持科学发展，不断开拓教学科研新境界*

今年是我们建校六十周年、恢复办学三十周年的大庆之年，也是我们迁入章丘新校区大喜的日子，更是我们改制的关键时刻，机遇和挑战并存。在座的每一位领导及全体教师在激动兴奋之余也一定会感到身上的担子和责任重大。

讨论中大家一致认为，我们在加强理论学习的同时，需要从实践上不断解放思想，切实贯彻落实科学发展观，以实际行动迎接新的挑战。下面我结合学习讨论，联系自己的工作实际，向大家汇报两点不成熟的想法。

一、以科学发展观为指导开拓教学科研工作新境界的必要性和紧迫性

科学发展观是我们党对社会主义市场经济条件下经济与社会发展规律在认识上的重要升华，也是我们党执政理念的一次新的飞跃，其核心内容就是“坚持以人为本，树立全面、协调、可持续的发展观”。对于教育来讲，以人为本就是把满足人的发展需要、促进人的全面发展作为教育发展的根本出发点和落脚点，在教育过程中要关心人、尊重人、理解人，服务于人。

百年大计，教育为本；教育大计，教师为本。我们教育工作者肩

* 2008 年 7 月 12 日在学校处级干部学习班上的交流发言。

负着培养大批高素质劳动者、建设者、管理者、创新者的历史使命，肩负着为实现全面建设小康社会乃至中华民族的伟大复兴提供人才和智力支持的光荣任务。

但从我们目前的教学科研工作实际来看，无论是教学体系还是科研创新能力，都还存在许多与科学发展观要求不相称的地方，迫切需要我们从思维方式、工作目标、管理模式、评价体系等方面进行改革，以尽快提升教育质量，办出特色专业，创建特色学校。

基于这一考虑，结合自己的学习和理解，联系政法分院的工作实际，我选择把“以科学发展观为指导开拓教学科研工作的新境界”作为发言题目，并把这里的“新境界”定位于“三新”，即“思维方式的新境界、追求目标的新境界、管理模式的新境界”。

1.“思维方式的新境界”，就是要变简单的逻辑思维为发散式的多项思维。多年来，无论是在工作上还是在学习上，无论是在教学方面还是科研方面，我一直比较刻苦认真，扎实肯干，摸索总结了一整套符合实际、行之有效的工作运行机制、管理规章制度和工作方式方法，为圆满完成各项任务发挥了重要作用，取得了一些成绩。但随着经济社会的不断发展，特别是随着我院教育改革的不断深入，我们遇到了一些新情况、新问题。例如：从工作角度来看，一方面，随着专业设置的调整、大量新课程的开设以及高职专业的发展，需要强化技能课程，减少理论课程，而我们现有教师的优势恰恰在于理论基础的厚实，而技能较薄弱；另一方面，随着青年教师的大量引进，一股朝气蓬勃、思路开阔、知识新颖的清新气息吹进了我们的课堂，活跃了课堂气氛，激活了学生的思想，但同时，青年教师教学经验的贫乏、科研时间的不足以及科研功底的相对薄弱，又严重制约了课堂精彩度的提高和课堂舞台的延伸，科研梯队的搭建陷入困境。而从我自己的教学与科研来看，近年来，把大量的精力投入到了精品课程的建设和教学模式的改革方面，在科研方面时间和精力投入严重不足，致使科研层次一直提升很慢，严重制约了科研水平的提高。

面对这些新情况、新问题，我们要进一步解放思想，不断破除束缚、影响、制约发展的旧思想、旧观念、旧意识，改革不适应形势发展的老路子、老办法。切实增强贯彻落实科学发展观的自觉性和坚定性，坚定不移地贯彻执行院党委、院行政的决策部署，勇于打破工作惯性思维，创新管理机制，改进工作方法和管理方式，敢于突破陈规，善于在改革中找出路，在创新中谋求发展。变靠人的自觉行为为靠制度规范人的行为；变靠拍拍脑袋行事为依法认真行事；变单纯地注重工作结果为结果和过程同样重要；在纠正年轻人个人主义为中心的思维方式的同时，矫正传统落后的思维方式，以适应现代开放社会、多元标准的要求。切实加强学习，牢固树立终身学习和学习工作化、工作学习化的思想，坚持理论联系实际，善于把学习的体会和成果转化为谋划工作的思路，提高创造性开展工作的能力和水平。

2.“追求目标的新境界”，就是要克服自满情绪，以大局眼光看问题。近年来，在学校党委的领导下，在各级行政管理部门的支持帮助下，在各位老师的大力配合、协助下，无论是分院的工作还是我个人的成长，都取得了长足发展，专业设置、学生培养、学科建设、课程建设、教学模式改革、科研立项、班子建设、教师队伍建设等各项事业取得了突破性发展，某些方面实现了跨越式发展。例如：近年来，我们分别建成了 1 门省级精品课程、4 门院级精品课程、1 门院级青年教师优秀课程、10 门系级优秀课程（这些都是零的突破，可称为“跨越式发展”），重新组织编制了 3 个高职专业和 1 个思想政治教育普通本科专业培养方案；申报了 1 项国家社会科学基金项目并获得立项（这是零的突破），完成了 1 项省社会科学规划项目，完成了 2 项教育厅人文社科研究课题，继续承担着 3 项教育厅人文社科研究课题，承担了多项学院研究课题；1 位教师获院级教学名师称号，有 3 人获院“教书育人”先进个人奖；有 1 人获院第三届中青年教师讲课比赛一等奖，有 1 人获三等奖；有 1 人获院中青年教师多媒体课件制作大赛二等奖，有 1 人获三等奖；有 2 人获院青年教师多媒体课件制作大赛优秀奖；有 2 人被学生评为“我最喜爱的老师”；2 人在职攻读硕士研究生，1 人即将赴北京大学做访问学者；多人获院优秀教学奖和优秀班主任、辅导员奖;多人获优秀课件和优秀教案奖;在校学生有 2 人获国家奖学金,1 人获省政府奖学金,31 人获国家励志奖学金,136 人获国家助学金;一个班获省级优秀班集体,四个班获院级优秀班集体,四个团支部获院优秀团支部,1 人获省大学生“三下乡”活动先进个人。

总体上看,政法分院全体师生保持了蓬勃向上、协调发展的良好态势,实现了我们年度计划的发展目标。更值得欣慰的是,7 月 10 日在往章丘校区的搬迁过程中,全体师生迸发出了高度的积极性和创造性,齐心协力,提前完成了搬迁任务,圆满地实现了预期目标。

毫无疑问,所有这些成绩可以成为促进我们进一步发展的动力,但搞不好也会成为制约我们发展的桎梏。对此,必须克服小成即满、小富即安、不思进取、停滞不前的自满思想,克服“已到顶峰再无路”的畏难情绪,树立强烈的忧患意识、机遇意识、竞争意识,始终保持永不满足、永不懈怠、永不停顿的精神状态,善于自我否定、自我发展,虚心学习借鉴先进单位和部门的经验做法,认真查找自身存在的差距和薄弱环节,深刻反思在学生培养、升学就业、教学模式、教学改革方面的不足,切实增强危机感、紧迫感和压力感,自我加压,负重奋进,争取朝着更高更新的目标奋进,努力开创各项工作的新局面。

3.“管理模式的新境界”,就是要变一团和气的管理模式为规范性管理,戒骄戒躁、纠散防偏。近年来,政法分院全体师生大力弘扬“和谐、敬业、开拓、创新”的政法精神,凝心聚力,团结拼搏,形成了心齐、气顺、风正、劲足的良好局面,涌现出了一批脚踏实地、埋头苦干、默默无闻做事的“无名英雄”。基层干部爱岗敬业,勤勤恳恳,以身作则,身先士卒;一线教师潜心钻研,辛勤耕耘,为了学科建设、课程建设废寝忘食,夜以继日;老教师为培养青年教师不计名不计利,专心做好传帮带工作;青年教师更是忘我奋斗,常常牺牲节假日,为工作随叫随到,到则能干,干则即成。这种忘我的集体主义观念和不怕苦、不怕累的连续作战精神,已经成为我们不断取得各项工作新成就的内在动力和精神支撑。在这些并肩战斗的激情岁月里,一个个难题被踩在脚下，一束束智慧的火花在碰撞中产生，不经意间，学生们的精神面貌在迅速变化，同事们在迅速成长，学院在迅速壮大……

但是，回顾我们走过的路，也清醒地认识到：在工作中我们还存在研究不到位、部署不到位、协调不到位、督查不到位的情况，也存在个别全局观念、大局意识不强，各行其是、精力分散等不良倾向。对此，就需要进一步强化政治意识和纪律意识，建立健全各项管理制度，严格执行民主集中制的各项规定，充分调动每个成员的积极性。变松散管理为制度性规范管理、民主管理、科学管理，以科学态度、科学精神和科学的思维方式看待问题、谋划工作，防止思想上、工作上、行动上的片面性、简单化、绝对化倾向。以科学发展观为指导，大兴求真务实之风，力戒心浮气躁、形式主义、急功近利，真抓实干，努力争创一流业绩。立足专业特点，着力解决教学、科研和管理工作中的难点。切实增强事业心和责任感，摒弃私心杂念，把心思用在干事业上，把精力投入到抓落实中，创造实实在在的工作业绩。敢于直面困难、正视矛盾，勇于攻坚克难，扑下身子解决问题。坚持从实际出发，察实情、讲实话、办实事、求实效，不提脱离实际的盲目要求，正确认识和处理快与好、优势与劣势、成就与差距、平衡与失衡、愿望与现实、特殊与一般、局部与整体、当前与未来的辩证关系，使各项工作真正经得住实践和历史的检验。

二、以科学发展观为指导开拓教学科研工作新境界的思路与措施

关于教学的含义，传统的解释是教师教和学生学的统一活动，经典的说法是“师者，传道、授业、解惑也”。而在科学发展观指导下，多数学者对教学的概括是“师生交往、积极互动、共同发展的过程”。教和学是大学教师本身要完成的两个环节，教学过程也就是传承、分享知识与探索、发现知识的过程。而科研则是教师通过个体或群体的智慧和劳动探索未知世界、发展科学技术的过程。从知识经济角度来看，科学研究是培养创新人才、知识生产和知识应用的主体方式，是高等学校在社会中成为思想库、知识库，在自然社会先行觉悟、开

拓创新直到拉动提升社会文明发展进步的主要方式、方法和手段。

教学与科研是一个铜板的两个方面，教学没有科研作底蕴，就是一种没有观点的教育、没有灵魂的教育。大学是一个传承知识、创新知识和文化熏陶的场所，教学和科研是大学教师不可分割的职责和使命。坚持科学发展观，落实到教学科研工作中就是要坚持以学生为本，以教师为本。一方面，在教育教学工作中，要树立为学生服务的思想，以服务学生全面发展为重点，以学生成长成才为中心，整合教育管理资源，建立起帮助学生成长、解决学生困难、方便学生办事、维护学生权益的服务体系；另一方面，教师作为教育资源中第一位的资源，在学校教育中还必须以教师为本，培养教师教书育人、为人师表、敬业爱岗、热爱学生的师德师风，关注和关心教师自身的成长，帮助教师不断提高思想道德素质和业务水平，并切实解决好教师的后顾之忧。

正是从这个意义上来说，做教师是幸福的，并且经常被学生们、老师们、同事们的行为感动着、鼓励着。但现实生活中，很多教师则感觉不到自己的幸福，个别教师抱怨讲课没有意思，搞科研更枯燥，等等。这说明我们在教学科研工作中还没有真正贯彻落实科学发展观，还需要下大力气，理出发展思路，采取有效措施。结合政法分院的实际，初步设想要进一步强化"一种理念"、提升"一种能力"、弘扬"一种精神"、搭建"三支团队"。

强化"一种理念"：就是要强化"以人为本"的教育理念，创造一种氛围，搭建一种平台，让每一位学生和每一位教师充分领略教育的美好和崇高，促进课堂教学的个性化和多样化的发展，使每个人的思想都能够自由飞翔，每个人的个人魅力都得以充分展现要使每一位教师在奉献自己的知识和高尚品德的同时，既成就学生也能成就自己；使每一位学生在感受教育的同时，得到心灵的感动，进而变成自觉的社会行动。

提升"一种能力"：就是要提升学科、专业、培养结构与经济社会发展需求之间的统筹协调发展能力。根据科学发展观的要求，高等教育的科学发展能力体现在两个方面：一是内部自主协调发展，保持规模、结构、质量、效益的自主协调发展，以高的教育质量和强的社会服务能力融入创新体系。二是外部共同协调发展能力，保持与经济社会实现共同体意义上的协调发展，从而实现更高质量的发展。这两个协调发展能力互为依存、互相促进。就目前政法分院的情况来看，前者我们基本上做到了，即在学生的规模、结构和培养质量方面，经过这两年专业和教师队伍的调整，基本上实现了协调发展和科学发展。但后者，即外部的与经济社会的共同协调发展方面我们还存在差距，特别是在学生的实习就业方面还需要下大力气，挖掘潜力，以提高学生的一次性就业率和满意度。

弘扬“一种精神”：就是要弘扬团结合作的和谐精神。科学发展观讲求“以人为本”，人在发展中起着主导作用。多年来，我们注重凝心聚力，充分调动广大师生的积极性和创造性，努力营造团结和谐、互相信任、互相关心、互相支持的良好氛围，形成了以“和、合”为特色的系风。可以说，团结和谐的系风既是我们的优良传统，也是我们不断开拓进取的精神支撑。这种精神我们必须要大力弘扬，坚持做到人人有事做，事事能做好；人人高兴愉快和谐做事，事事高质高效低耗完成。要做到爱护人、关心人、尊重人、善用人、培养人，满足人在物质和精神、生理和心理等方面的需求，培养集体精神和合作意识，建立和谐的人际关系，创造良好优越的工作环境和条件，充分实现每个人的人生价值。

搭建“三支团队”：结合政法分院的实际，我们认为贯彻落实科学发展观，最终还要落到人的发展上，关键靠人去实现。为此，需要搭建“三支高绩效团队”：一是要搭建一支具有学士或硕士学位、能够有效适应培养高职专业技能性的专、兼职教师团队，该团队以新兴高职学科教学改革为研究内容，以年轻教师为主体，结合高职教育的特点，围绕教学模式、教学方式、培养模式、课程设计等内容展开探索研究，在搞好课堂教学的同时，组织教学改革研究课题的立项和精品课程建设；二是要搭建一支具有博士、硕士学位、适应普通师范本科教育和公共政治课的教学科研团队，该团队以专业主干课程为授课重点，以学科前沿内容和热点问题为研究对象，以各学科带头人为主体，围绕课程改革、学术热点等问题展开研究和探讨，以期获得高层次的科研立项，出高水平的研究成果，创一流教学业绩；三是要搭建一支既了解学生心理又了解社会市场需求的、集学生管理与就业指导于一体的学生工作管理团队，该团队以党总支书记为核心，以班主任、辅导员为主体，以细心、耐心工作为依托，真正做到服务育人、管理育人。三支团队互相交叉，各学科知识互相激荡，以促进教学科研不断攀登新台阶。

总的目标是：以教师和学生的发展为核心，给教师和学生提供良好的发展平台，创造良好的发展条件，实现教师和学生最好的发展。按照"一切为了学生，为了一切学生，为了学生的一切"的要求，优化整合教育教学资源，致力于全体师生的全面发展，按照"教书育人，育人为本；德智体美，德育为先"的要求，正确处理培养人才与育人的关系，在进行科学文化知识教育的同时，注重加强和改进学生的思想政治教育。在教育目标、教育过程及其评价体系方面实现"五个转变"，即由知识本位向学生本位转变，由重传授向重发展转变，由课程内容以应试为主向体现内容现代化转变，由重教师"教"向重学生"学"以及双方互动共同发展转变，评价体系由重结果轻过程向重视过程与关注结果的统一转变；在教学与科研的关系方面，实现从重教学、轻科研（这是我校的特殊情况，一般高校是重科研轻教学）向教学科研并行发展转变，为推动我校早日实现由成人高校向普通本科院校转变而努力奋斗！

凝心聚力，打好改制迎评攻坚战*

改制迎评工作作为我校的头等大事，已经到了关键时刻，每个人都必须以实际行动为这一中心工作而努力奋斗。我作为一名来自教学一线的教师，作为一名来自基层单位的负责人，自然对改制迎评工作有着深刻的认识和热切的向往。紧迫感和责任感与日俱增，时刻感到要做的事太多太多，要说的话却难以用语言来表达了，一切似乎都应该用行动来证明更合适。实际上，自 2006 年暑期学习班的发言开始，连续三年围绕着一个中心话题，那就是“改制迎评，科学发展”。不一样的是，过去还仅仅停留在思想上的认识和工作上的准备阶段，而今天已是迫在眉睫，已经处于实战状态。“说”已经没有“做”重要了。所以，当我接到通知，要我在大会上发言后，一直诚惶诚恐，深感自己江郎才尽，每年都发言真的是没有什么可说了，更怕言不达意，辜负大家的期望。在此恳请大家谅解，下面仅把自己是怎么做的向大家作一汇报，不当之处请大家批评指正。

三年前，学校党委作出了“买地改制”的英明决策，决定实现我校由成人院校向普通本科院校转制，从此就吹响了“改制迎评”的战斗号角。一年前，我们非常激动地搬进了章丘新校区，并在这座初具规模的现代化大学里自豪地召开了建校 60 周年庆典，用行动向世人发出了一个明确的信息：我们将在这片新的土地上再次起航，建立新的里程碑！

然而，任何光荣与梦想的实现，都来源于脚踏实地的苦干。激动

---

* 2009 年 7 月 11 日在学校处级干部学习班上的发言。

过后我们不禁扪心自问：我们准备好了吗？我们够格吗？现代化的校舍就等于现代化的大学吗？软件建设跟硬件建设相比是否更艰难呢？在此，作为一名长期工作在教学第一线的系级单位负责人，我深感差距的巨大和责任的重大，压力和动力油然而生，困惑与激情同时迸发。我深深地认识到：如果改制不成，无论是学校还是教师都没有出路，我们必须背水一战，决战成功！在这一思想主导下，我重新调整了工作思路，全身心地投入到改制迎评的攻坚战之中。具体做法是：

一、着眼大局，进一步调整专业结构，理顺学科门类的对应关系

自 2000 年 3 月兼任政史与人口教育系主任以来，我一直从事着上新专业的论证与申报工作，并相继新建了 5 个高职专业和 1 个普通本科专业。在学校党委的关心支持下，2003 年 3 月成立政法分院，我被任命为政法分院院长后，与全体师生一起创立了政法分院拥有 9 个本、专科专业，在校生达 1200 多人的辉煌历史。

应该说，当时申报的新专业多是考虑到我们的生存问题，而与学科建设的要求存在很大差距。我们要改制，必须要接受评估专家的评估，其评估的标准是普通师范本科的学科门类和专业设置，如果我们的专业设置与学科门类对应不合理，肯定会成为改制的一大痼疾。为此，我经历了一个痛苦的思索过程，最终还是向党委提出了分割专业的请求，今年 3 月份经党委批准撤销政法分院，成立政治与社会发展系和经济与管理系。当时有很多老师不愿分开，不舍得离开政法分院这个大家庭。也有人说，你把一个分院改成系，由分院院长变成系主任，领着那么几个人，力量削弱了，多没有面子啊！说真的，我也惆怅过，伤感过，自己成为自己的掘墓人一定不会快乐！但考虑到学校的改制，考虑到专业与学科门类的对应和各学科专业人才的发展，不破旧就无法立新，个人得失不足挂齿，我很快就调整了工作思路，全身心投入到新的学科建设和新上专业的论证工作之中。我时刻把“团结进取、干事创业；审时度势、抢抓机遇；知难而进、勇于突破；淡泊名利、无私奉献”的“教院精神”装在心里，并以此为动力，开始了新的征程！

二、凝心聚力，充分调动全体师生的积极性和创造性

一位学校领导曾说过：“领导干部竖起来是把伞，要时刻为群众遮风挡雨；趴下像头牛，俯首甘为孺子牛。”要时刻保持“深怀爱心，默默耕耘，埋头苦干，任劳任怨”的精神风貌，营造和谐向上的工作环境。今春以来，由于政法分院撤院建系，教师人数大量缩减，领导班子又是重新组建的，加上有的老师受伤，连续住院50多天，全系教师轮流在医院守护，各项工作特别繁忙。我们党政班子成员多次交流、沟通，团结一致，并结合学习实践科学发展观活动，制定了明确的工作规划：一是面对新情况，解决新问题，不等、不靠、不要，自己想办法解决困难；二是在困难时期我们必须凝心聚力，分系不分家，分人不分心，万众一心攻克难关；三是领导干部率先垂范，从关心教师的工作和生活，关心学生的学习、实习和就业入手，召开师生座谈会，听取意见，集思广益，把解决教师和学生集中反映的问题作为新一届班子工作的突破口，充分调动每一位教师和每一位学生的积极性和主动性；四是强化师德文明建设，弘扬“爱岗敬业、无私奉献、团结和谐、开拓创新”的系风，使大家心齐劲足，干事创业。一切工作的开展都紧紧围绕着“以学生为本，以教师为本”的发展理念，从而营造了一种团结和谐、互相信任、互相关心、互相支持的良好氛围，使全系师生得以全面发展，快乐发展。

三、合理布局，统筹安排，努力实现人尽其才、物尽其用、事半功倍的管理效果

现代管理学强调，管理是在一定的环境条件下，引导人、财、物等资源进入动态的组织，并通过计划、组织、领导、控制和创新等职能，配置和协调资源，以有效实现组织目标的创造性活动过程。系主任就是个基层组织的管理者，在常态情况下，系主任的主要职责是组织

全系的教学与科研活动；而在我校改制过程中，系主任已经不仅仅是组织教学与科研，更多的是组织、准备改制建设工作。这就需要我们根据这一任务进行具体的组织建设，包括设计组织机构、选用人才、分配任务、授予权力、制定规章制度等，做到合理布局，统筹安排。在使用人才方面，我们坚持的是“智者取其谋，愚者取其力，勇者取其威，怯者取其慎”的做法，合理分工，人尽其才，最大限度地发挥了每一位教师的工作潜能，从而有效地完成了系级档案材料的建设以及专业论证报告等工作。特别感动的是，我们一些干部和教师在改制过程中做到了超常发挥，党政干部身先士卒，一马当先，无论是搬运材料，还是整理橱窗，都是认认真真、勤勤恳恳，精益求精，一丝不苟；办公室主任、办公秘书也是起早贪黑、加班加点、任劳任怨、埋头苦干；青年教师更是积极主动，随叫随到，不折不扣，积极主动地参与各种档案的整理、打印、上架等工作，从而保障了档案建设准备工作顺利开展，赢得了评估专家的好评。

四、身体力行，在细节上下工夫

以身作则、言传身教，是我多年来从教的准则；而平等待人、以诚待人、以理服人、身体力行、恪守信用、豁达大度是我从事管理工作奉行的原则。为了不辱学校推荐和上级授予我的“省级教学名师”、“师德标兵”、“巾帼建功标兵”、“富民兴鲁劳动奖章”“国务院特贴”等各种荣誉称号或奖励，我下定决心在改制迎评前带出一支优秀教学团队，培养一支高水平的管理队伍，建设一个普通本科专业，建好一个高职特色专业，实现一个共同目标：那就是为学校改制成功，建成一所现代化的普通本科院校而努力奋斗。有人说，优秀是一种习惯，尽管自己不算优秀，但一直把认真工作视为使命，把优秀作为自己的追求。近年来，随着年龄的增长和各种荣誉的增多，无形的压力鞭策着自己要不断奋进，而要奋进就必须身体力行。上半年以来，我们具体做了如下几项工作：一是按照教务处和学校改建办的要求，对所建各种档案认真检查一遍，逐一核实了每一个档案盒里的内容与目录，对不准确的进行了及时修正；二是自己带头组织建设了十门精品课程，现在已经全部转入天空平台；三是组织申报了省级优秀教材奖，获省优秀教材二等奖1项；四是组织了院级优秀教学团队的申报，思想政治理论课教学团队被评为院级优秀教学团队；五是组织论证了思想政治教育普通本科专业的培养方案，现已初步定稿；六是亲自带队护送2005级思想政治教育专业同学到历城区各中学进行教育实习，现在他们已圆满完成学业毕业离校；七是亲自带队护送2007级旅游管理班同学赴威海山东大学国际学术交流中心顶岗实习；八是在章丘校区管委会的帮助支持下，与章丘市旭升村建立了联系，实行校地联合，建立了校外社会实践教学基地。这一切努力，无疑为我校的改制奠定了一定的基础。

当然，这离党委的要求和全体师生的期望还差很远，与其他兄弟院系相比也有一定的距离，许多工作还不够细致。下一步，我们将牢记周书记在上周改制工作会议上提出的“思路决定出路，细节决定成败，落实是成功的关键，别人的经验是我们的捷径”的教诲，认真谋划，进一步整改；按照李院长报告中关于提高改建执行力的要求，加强理论学习，提高思想认识，亲历亲为，细致入微，把各项工作做实做精。

继往开来的新起点*

我很荣幸作为教师代表，在这个庄严隆重的庆典大会上发言，来表达全体教师的心情。在此，我谨代表全校教职员工，向莅临我校参加建校六十周年庆典的各位领导、各位来宾表示热烈的欢迎和深深的敬意！

此时此刻，我的心情特别激动与振奋。激动的是，在我们建校六十年的历程中，我亲身经历了学校恢复办学、艰苦创业、兴旺发达的二十五个秋冬春夏，目睹了校园从小到大、学科专业从少到多、办学层次从单一到多样的历史性跨越！振奋的是，在六十年的历史进程中，一代代教院人以其高尚人品、渊博学识和精湛技艺，培育了一批又一批的社会主义现代化建设的栋梁人才，造就了成千上万的教育精英和德才兼备的领导干部。

抚今追昔，我们每一位教院人都深深地感到：这里是一片创业的热土。是她，促使我们投身教育改革的洪流，不断以先进的教育理论武装自己；是她，为我们每一位教师提供了实现人生价值的广阔舞台。作为教师，我们为教院的每一次成功感到无比的幸福与欣慰，为教院的每一份辉煌感到无比的自豪和骄傲！

师者，传道、授业、解惑也。作为一名教师，在体会学校光荣和幸福的同时，我们深深感到自己身上责任的重大。学校的发展需要我们不断地添砖加瓦，青年学生的成长、成才需要我们倾情奉献。我们将按照"一切为了学生发展"的办学宗旨，"厚德、博学、求实、创新"的

* 2008 年 10 月 28 日在建校 60 周年庆典大会上的发言。

校训、“敬业、严谨”的教风，熏陶和教育一代又一代的教院学生。

六十载辛勤育桃李，新世纪精心铸栋梁。我们相信，得六十年之深厚积蕴、依新世纪之青春活力，值国家高等教育发展的大好时机，山东教育学院在教学、科研、人才培养诸方面必会绽放明丽美艳的花朵，收获丰硕骄人的果实。

沧海桑田，春华秋实。六十年，是学校历任领导和教职员工为学校的生存和发展兢兢业业、无私奉献、发愤图强的六十年；是一代代风华正茂、志存高远的校友们自强不息、勤奋好学、不断创造奇迹的六十年；也是教院新一代不负领导关怀和社会厚爱、弘扬传统、与时俱进、续写辉煌的六十年！六十年，一段硕果累累的闪光历史；六十年，一个继往开来的崭新起点。我们将以校庆为契机，以饱满的热情和不断开拓进取的精神，在院党委的领导下，努力把我们学校建设成培养新世纪优秀人才的新型高等学校，谱写更加灿烂辉煌的新篇章！

科研篇

科研工作一点新起色

科研工作一点新起色，有两层含义：一是指担任科研处处长后，积极推动学校的科研工作取得了突破性的进展；二是指自身的科研成果取得了一点突破。从2010年7月到2012年3月，在担任科研处处长期间，在工作上基本搭建了由成人院校向普通本科院校科研管理转换的平台，组织申报了多项各级各类科研项目，在某些方面实现了“零”的突破。

2010年7月6日学校党委安排我担任改建后学校的科研处处长。当时我还在医院动手术（良性肿瘤切除），任命书是在病床上由别的老师念给我听的，岗位转换的交接工作也是在电话中完成的。可以说，当时的病痛曾一度为精神的振奋所淹没了。当然，这里说的精神振奋并不是因为担任了科研处处长而兴奋，而是在生病住院期间大家的关怀给了我无穷的力量，让我一度兴奋不已。十天的住院生活，悲与喜、痛与乐、亲与情、友与爱、冷与暖，似乎人生中的酸甜苦辣一下子浓缩了，迅即尝遍各种滋味。当然，最多的还是亲情、友情和热情。在身体疼痛之时家人、友人、朋友、领导的关心和照顾，给予我精神上极大的安慰和鼓励，甚至在很大程度上，精神上的力量战胜了身体的病痛！特别没有想到的是，学校各级领导的关心和同事们的疼爱，超出了我的想象，同病室的病友都羡慕不已，叫我“幸福的小燕子”。医护人员也特别热情、周到，对病人的关心无微不至，真有一种住院如住家的感觉。当时的我被这种幸福包围着、激动着，甚至忘记了病痛，忘记了自己是在医院里，整个思绪投入了新的工作规划中……所以，暑假开学后，我很快就实现了工作岗位的角色转换，按照普通本科师范院校科研管理工作的规范要求，对以往的科研管理进行改革完善，努力开创科研工作新局面。

其一，在学校党委的领导、支持下，带领科研处人员一方面深入基层调查研究，另一方面想办法“走出去，拜师请教”，通过多方调研、咨询和学习，组织起草、修订了系列科研工作管理文件，包括学术期刊分类办法；科研、比赛、创作成果奖励办法；学术道德规范；学术活动管理办法；科研机构管理办法；学术报告制度管理办法，以及科研项目经费管理办法等十多项管理规则，并把所有管理规定通过网络公开，让所有教师了解科研，掌握科研管理规程，积极从事科研活动，推动科研管理工作走向规范化、制度化、科学化。

其二，在学校党委的领导、支持下，经过半年的酝酿和准备，组织筹备召开了学校改制后的第一次科研工作会议，讨论并通过了系列科研工作管理暂行办法，评选并表彰了10个校级优秀科研团队和16位先进科研个人。此次会议得到了山东省教育厅、山东省社科联、山东省社科规划办等上级领导的关心和支持，总结了三年来科研工作所取得的成绩和经验，找出了科研工作存在的差距，提出了今后科研工作的任务和目标以及实施措施。全体代表分组对科研工作报告和十个科研管理办法草案进行了认真讨论，提出了一些具体的修改建议，明确了今后科研工作的发展方向，具体就是要着重在四个方面下功夫：一是要在统一思想上下功夫，二是要在提高认识上下功夫，三是要在狠抓落实上下功夫，四是要在团结协作上下功夫。此次会议成为学校改制后推动科研工作攀登新台阶的契机，掀起了一个全员开展科学研究的新高潮。

其三，努力扩大学术交流，注重营造学术研究氛围。学术交流是开阔视野、了解信息、提高学术研究能力的重要途径，是加快科研队伍建设的重要手段。科研管理部门有责任和义务组织学校内部和外部的各种学术交流活动。一方面，通过“走出去、请进来”的办法，加强省内外、国内外的学术交流。曾借中华人民共和国人力资源和社会保障部、国家外国专家局、山东省政府主办的中国山东第六届海内外高端人才交流暨技术项目洽谈会（简称“海洽会”）在济南举行之机，与乌克兰国家教育部科研信息中心主任阿夫杰耶娃·L和美籍华人王功明博士进行了亲切交流，邀请他们来我校进行科研指导与访问，为我们对外学术交流打开了一个窗口。另一方面，重视营造学术氛围，把学术报告、学术讲座作为提高教学质量、提升科研水平的重要手段，使之经常化、制度化。具体包括：开设学术讲堂，邀请有关省内外、国内外专家来我校讲学。先后聘请了山东省社会科学联合会主席、山东大学、北京师范大学、中国社会科学院、台湾大学的教授专家等相继作了“齐鲁文化与山东民俗”、“大学文化与师德建设”、“学习与思考”、“元代文学与历史”、“关于古典小说解读中的歧义问题”、“礼俗·宗教·思想的融合与转化”等学术报告，在师生中引起了强烈反响；建立教授周末学术报告制度，每学期开学后由各分院系上报科研处“教授学术报告计划表”，由科研处统筹安排不同学科专业的学术报告，以营造浓厚的学术氛围；开设青年教师博士论坛，先后有十多位博士教师在论坛发言，他们分别从师德建设、学科建设、科技成果立项、横向项目研究、科研梯队建设、科研力量整合、青年博士学术的再深造等方面阐述了自己富有激情的观点和见解，发人深思，催人向上，充分体现了博士教师在教学科研方面的引领意识和历史责任感，极大地推动了相互之间的学术交流。

其四，树立精品意识，提高科研质量。科研是一种创新活动，不是低水平的重复劳动。科研工作是提高教师队伍整体素质和学术水平的主要手段，是教学思想、教学内容、教学方法、教学手段改革的主要依据，是学科专业建设的主要动力，是提高人才培养质量的关键。科研工作是原始创新、技术转移和成果转化的重要平台，是学校有效服务经济社会发展的基础。科研工作是学校提升创新能力，提升综合实力、提升核心竞争力、加快创新体系建设的有效措施，是实现全面协调可持续发展的保证。为此，我们牢固树立和弘扬创新光荣的价值观，进一步完善支持鼓励科研发展的政策措施，营造人人重视科学研究的良好氛围，创造有利于人尽其才、人才辈出的体制和机制环境。激励是吸引优秀人才、开发人的潜能、营造良性竞争环境的重要手段和杠杆。在学校整体科研实力还比较薄弱的情况下，科研处组织专家和部分老师通过多方论证，出台了多种科研奖励办法，对重大科研成果进行重奖，贡献越大奖励越高，贡献越多奖励越优，充分发挥贡献增量的辐射作用，从而激发了全体教师的科研积极性和创造性。两年内学校相继获得国家自然科学基金项目1项，国家哲学社会科学基金项目2项，教育部人文社科基金项目2项、思想政治教育专项1项，横向联合项目2项，省厅级项目百余项，科研立项数量超过了以往十年的立项总和，实现了国家级、省级自然科学基金项目和横向联合项目三大领域“零”的突破。

其五，积极筹备建立研究生联合培养基地。培养研究生，不仅是一个学校办学层次的提升，也标志着一个学校师资力量的雄厚，同时也是对该校科研能力提升的一个促动。由于我们成人办学历史的局限，很多科研能力强、教学水平高的教授没有机会培养研究生，不仅造成资源浪费，而且还制约着学校的学科发展。为了改变这种状况，尽快与普通本科院校接轨，自担任科研处处长后，我一直在思考如何与其他院校建立横向联系，让更多的教授担任硕士生导师。经过再三考虑，在党委的领导和支持下，2010年9月开始与曲阜师范大学联系洽谈，达成了建立研究生联合培养基地的意向，随即向教育厅提交了建立研究生联合培养基地的申请报告。2010年12月23日，山东省教育厅、山东省人民政府学位委员会联合发出通知(鲁教研[2010]8号)，批准我校为山东省研究生联合培养基地。根据《山东省研究生联合培养基地建设实施与管理办法》的规定，我校与曲阜师范大学达成合作协议，建立研究生联合培养基地，在法学、文学、理学领域联合培养研究生，首批遴选了64位兼职硕士生导师。建立研究生联合培养基地，对提升学校的办学层次和社会声望无疑具有重大影响，对教师的专业化发展也将产生巨大促进作用，但同时也加大了教授导师们的责任和压力。因为对研究生的培养不仅是科学知识、科研能力的培养，而且还是实践能力、自主创新能力的培养，更要加强学生的思想教育，关心每位学生的健康成长。变压力为动力就成为我们不断发展的辩证法。

其六，努力攀登科学研究新台阶。担任科研处处长近两年的工作，几乎每天都处于高度紧张状态：一方面在绞尽脑汁地开拓各项工作，为学校科研事业的发展争取更多的科研立项，鼓励老师们多出成果，出高水平成果；另一方面，从主观上来说更加以身作则，积极带头搞科研。正是在这样的刻苦努力下，学校的科研工作取得了大家公认的成绩，自身的科研也不敢懈怠。两年内自己发表学术论文4篇，主持完成一项省教改项目和一项国家社会科学基金项目。其中，主持的《全球化视域下社会主义与资本主义两制关系发展规律研究》2012年1月通过国家鉴定，等级为优秀，2012年9月入选国家哲学社会科学成果文库，实现了我校在此领域“零”的突破。

说真的，需要突破的“零”太多了，因为我们的差距太大，与普通本科院校相比几乎一切都是从零做起。虽然经过改制后的学校培养目标是应用型人才，但作为教学活动支撑的科研工作绝不能放松。

科研方法漫谈*

科研方法是个大话题，既包括科学研究方法论，又包括不同学科领域的研究方法。从科学研究方法论的角度讲，又包括三个层次：一是哲学方法论，即唯物辩证法；二是适用于各门科学的一般研究方法，即以哲学方法为指导，对各门学科研究具有普遍的指导意义的研究方法，包括主体与客体的关系、已知与未知的关系、经验与理论的关系、正确与错误的关系等；三是适用于某一科学领域的具体的科学方法论，如控制论方法、系统论方法、信息论方法、头脑风暴法等。可以说，科学方法论的三个层次是互相联系、互相影响的。在这里，我重点从大学教师如何搞科研的角度，从科研选题或命题、资料收集与整理、文献分析与综述、科研项目论证与研究、写作方法与成果体现等方面，结合自己的体会谈几点认识与大家共勉，不当之处请大家批评指正。

一、科研选题或命题

科研选题就是确定想要研究的问题，即先要找到需要研究的问题，是科研的起点。科研选题关系到科学研究的方向、目标和内容，具有战略意义。

* 该文系 2011 年 7 月 6 日和 2013 年 6 月 7 日分别应外语系和管理系之邀与教师们进行的科研方法座谈发言整理。

1.科研选题或命题的内涵

科研选题，具体说就是确立科研项目的名称，是指某一学科领域中尚未认识而又应当探索、认识和解决的问题。从广义上说，科研选题包括两方面内容：一是确定科研方向，即科研人员在较长时间内进行科学探索的主攻方向；二是选择研究课题，即在科研人员主攻方向下选定研究的突破口与制高点，明确在这个方向下逐步实现并全面掌握的课题任务，制定实施计划和步骤，以及所要采取的方法和途径。

在这里需要说明的是，研究方向很重要，在选题中起着至关重要的作用。狭义地说，选题就是指确定研究方向或论著、论文的题目；广义地说，选题是指选择研究领域，确定科研方向。众所周知，大科学家牛顿在力学、热力学、数学和天文学等方面贡献巨大，但由于唯心主义世界观使他转入神学课题，虚度了后半生。因此，如果选题方向有重大的错误，即使花费再大的精力，课题内容再完善，也是没有价值的。所以，科研方向在选题中的作用至关重要。(1)导向作用。科学研究的目的是探索未知的奥妙。无论是经济社会系统，还是科学发展本身，研究课题都层出不穷。研究方向的选定，意味着研究人员学科视角的形成。从学科视角去思考和研究问题，具有独特性，也有利于拓展研究领域。可以说，只有通过研究方向确立了学科视角，才能在综合性问题中开拓研究空间。(2)开拓作用。有了研究方向才能较好地实现学术定位。所谓研究方向，是指科研人员在一个较长时期内所从事科研活动的领域，是其从事科学研究的第一步。选择好了研究方向，在一定时期内围绕某一研究方向主攻某一重要问题，围绕这一问题不断拓展深化，既可以保证科研工作的连续性与积累性，又可以不断拓展选择具体课题的线索和范围。(3)积累作用。有了研究方向才有学术承续。每个课题，不过是整个研究方向的一个局部。科研工作总是一步步进行的，积少成多，科研人员个人的研究方向，不仅是初次选择研究课题的范围，而且还将是多次选择研究课题的范围。科研人员在较长时间内有一个确定的研究方向，就会愈来愈熟悉该领域，研究不断拓展，科研成果不断深化，从而使科研工作具有连续积累性。

总之，每个科研人员在考虑科研选题之前应该选择一个自己喜欢的或者说自己通过努力能够实现的研究方向，其根基离不开自己的基础知识和所学专业。当然，对刚刚步入科研行列的青年教师来说，自己所学的专业与所从事的课程教学重点有可能不完全吻合，选择科研方向会有些困难，那么可以根据工作需要从事多方面的研究，逐步找到自己的主攻研究方向。一定不能长期没有研究方向，东一榔头西一棒槌，更不能人云亦云，都是不可能取得成果的。

与科研方向相联系的是研究命题问题。所谓命题，是指研究的主题，其表述形式是一个非真即伪的陈述句。简单地说，命题就是研究题目，即在研究开始时提出的待检验的问题，它构成研究主题。研究主题是作者在一篇论文或课题中的核心假设或最高层次的假设。而假设的提出和验证是研究工作的主线。假设就是对选题提出的问题作假想性的回答，根据这种回答建立有关变量关系的陈述。假设是以已有的事实材料和科学原理为依据，对未知事实的假定解释。以一则寓言故事为例：一个物理学家、一个化学家和一个经济学家漂流到孤岛上，十分饥饿。这时海面上漂来一个罐头。物理学家说："我们可以用岩石对罐头施以动量，使其表层疲劳而断裂。"化学家说："我们可以生火，然后将罐头加热，使它膨胀以至破裂。"经济学家则说："假设我们有一个开罐头的起子……"这个例子说明，几乎所有社会科学理论与思想观点的争论与分歧，最终都会归结到建立理论的最初出发点：假设。不同的观点和理论的最大区别在于，你基于怎样的基本原理、概念或者假设。

2.科研选题或命题应遵循的原则

在确定选题或命题时，首先要考虑待研究的问题有没有意义。没有意义的问题是不值得研究的，但对于一个具体的研究人员来说，也并不是任何一个有意义的问题都可以拿来研究。科研选题应遵循一定的原则。

其一,需求性原则。需求性原则是指科学研究应符合学科理论发展、技术创新或社会经济发展的需要。在项目申报过程中,要选择那些对经济和社会综合效益较大的项目,并考虑其科学价值、经济意义和对人类与生物界、广阔的自然界产生的影响,对可能产生的负效应,也要拿出预防或综合治理方案。也就是说,一个研究问题会包含一个或数个因果关系,不一定是一个大的研究领域,但必须是该领域中比较具体的一个问题。其中的内在联系与相互影响一定要全面考虑。

其二,科学性原则。科学性原则是指选择科研选题必须以科学事实、科学理论与技术原理等为依据,按客观规律办事,将选题置于当时的时代背景和社会发展条件下,使之成为在理论与实践上可以成立和探讨的问题。在课题申报中,首先要考虑所选择的课题是否有正确的理论作为基础,与已确证的理论相违背的题目是不能选择的,毫无事实依据、无法进行检验的非科学命题也不应该作为选择的对象。例如:独生子女政策应该停止吗?赌博应该合法化吗?类似这样的问题是无法证伪的。所以,选题的选择和设计必须具有科学性和逻辑性,要正确处理好接受与突破、坚持与发展的关系,从而使科研走上正确的开放发展道路。

其三,应用性原则。应用性原则是指应该选择与社会生活密切相关、为社会所关心的问题,特别是社会发展中需要解决的问题作为研究课题。这类问题反映着一定历史时期社会生活的重点和热点。从广义上讲,凡是具有科学性的课题都具有应用性,只是把所研究的基本理论推广应用到社会生产实践中,实现生产率的提高,需要一个转化过程,也需要一定的时间。尽管如此,但在选择课题时一定要考虑其应用价值。

其四,创新性原则。创新性原则是指研究课题应具有创造性,应是前人或他人未曾做过或未能做完而预期能出新成果的科学问题或技术问题。没有创新性的课题是没有价值的,也称不上科学研究。所以,对基础理论研究来说,创新意味着有新发现、新见解、新结论。

要做到有所创新，就要把研究课题的选择放在自己熟知的学科领域，并且对已有相关研究成果的水平和程度以及发展趋势有所把握，即通常我们所说的要追踪学科前沿知识，在此基础上才能做到理论的升华和创新。

其五，可行性原则。可行性原则是指科研选题必须根据实际具备的或经过努力可以具备的主客观条件来确定，具有预期完成的可能性与可行性。主观条件是指研究人员自身的知识结构、综合素质、技术水平、课题兴趣等是否具备完成课题研究的能力和素质；客观条件是指社会环境、经济条件和技术设施等能否保障完成课题研究的客观物质基础。在选择研究课题时，既要认真分析自身所具有的主客观条件，又要合理组织研究团队，有效搭配各种力量，以保障科学研究顺利开展，直至达到预期成果。

其六，优势性原则。优势性原则是指在选择和确定研究课题时，要从实际出发，充分发挥宏观和微观优势，扬长避短。宏观优势主要是指国内外、省内外和本地区、本单位的自然环境、自然资源等自然条件，充分发挥和利用已有的优势条件，去选定研究课题。微观优势主要是指研究人员和其他有关人员及有关部门的结构、素质、知识、技能和潜力，充分发挥人们的主观能动性和创造性。科研选题的优势性原则，主要可从四个方面去把握：一是看申请者所在的科研团队的研究基础是否占优势；二是看已经取得的科研成果是否具有系统性、应用性；三是看研究团队的结构是否合理，包括知识结构、年龄结构和职称结构等；四是看所申请的课题是否具有深入拓展的研究空间和发展潜力。

3.科研选题或命题确立的方式与步骤

以上我们着重从宏观方面讲述了科研选题要考虑的几个问题或应遵循的原则，而具体到每个人来说，由于个性特点不同、知识结构以及所从事的学科不同，选题方法是多样化的，也会因人而异。根据已有的经验来说，大体思路和步骤包括：

一是从科研规划指南中选题，这是初入科研行列人员的首选。

每年国家、部委、省市及各种学术团体都会提出或颁布一些科研课题指南,这些课题一般都具有重大的理论和现实意义,并且也都是经过各研究领域专家思考论证了的一些具有宏观意义的课题。可以根据自己所属学科和科研兴趣从课题指南中选择适合自己的,也可以根据指南的大方向进一步具体化。

二是从自己或研究团队长期从事的学科教学与研究领域选题。充分考虑自身的优势和能力,把自身感兴趣、研究基础和驾驭能力与现实需要结合起来,去思考科研选题,要有所发现,有所创新。

三是从直觉思维或意外发现中选题。人们在现实生活中遇到的问题面广、量大,选题的内容极为广泛,大至世界政治、经济、文化艺术,小到日常生活中的衣食住行,有大量的课题需要研究。科研的任务就是从各种社会现象中揭示其本质。现象是人们最容易感觉到的,这时选题常常得益于科研人员的想象、灵感、直觉以及对这些直觉思维、意外发现带来的机遇的捕捉。当然,对这些问题的选择是需要认真筛选的,研究的问题应该具有学术性和应用性。

四是从观察和考察的现实需要方面着手选题。观察是人们通过感官或借助于科研仪器,有目的、有计划地考察或描述客观对象的方法。考察的意义是实地观察,通过细致深刻的观察和思考,有所发明,有所创造。法国教师布莱叶发明盲文的想法就源于他的观察与思考。爱迪生制成电灯泡的事实也说明了这一点。在观察研究时,还应注意现实的社会价值和长远的使用价值。

总起来说,无论从哪方面进行选题,都首先要考虑选题的现实意义和自身的驾驭能力,都需要经过调查研究、广泛搜集资料、分析论证的步骤。可以说,不论做什么样的研究,第一个任务都是调查清楚这个问题的历史和现状。

那么,调研该怎么做呢?调研要有提纲,包括下列内容:一是该选题近几年是否有人在做,已经做了哪些工作,现在正在做着什么;二是哪些问题已经解决了,怎样解决的,还有什么问题没解决;三是这些没有解决的问题的症结在哪里,关键是什么;四是该问题的研究已经得出了哪些结论，这些结论是否可靠；五是已有的研究工作有什么经验和教训；六是别人用了什么样的研究手段、设备、方法和技术路线，做了什么样的实验，需要哪些仪器、设备、装置、样品，已知问题中哪些是属于现象性的或者是方法不合理和设备不准确所致，哪些是事物的本质所决定的；七是已有的实验揭示了什么新的事实和现象，对现象的解释是否合理，等等。

调查的范围、对象和方式包括：最近一年里有多少文献与这个课题有关？最近二年、最近五年、最近若干年的情况如何？本课题最初一年的文献收集情况以及里程碑式的文献有哪些？标志性文献有哪些？基础性文献有哪些？这个课题现在有哪些研究者？这些研究者的相关文献收集是否全面？这些研究者属于哪些机构？等等。

二、资料收集与整理

1. 资料收集和鉴别的原则

调研的过程就是收集资料和鉴别资料的过程。而收集资料不是大海捞针式地收集，而是有目的、有选择地收集，具体需要遵循下列原则：

(1)广泛性原则。一是指学科范围广泛，不仅要搜集本专题的相关文献，而且还要搜集一定的交叉学科、基础学科的文献资料；二是指文献类型广泛，包括图书、期刊、学位论文等各种形式的文献资料；三是指搜集的时空范围广。

(2)代表性原则。要注意搜集有代表性的文献资料，如刊登在本学科核心期刊上的文献、由学科带头人或知名科学家撰写的文章、国家有关部门领导人的讲话等，因为这代表当前的发展水平和认识程度。

(3)时间性原则。确定合理的查找时间，可以避免获取一些无用信息，减少资料筛选阶段的工作。一般查找材料应该从最近时向开始，不断往前推移，既要找到最新材料，又要找到问题的最原始材料。

同时还要遵循可靠性、相关性、适用性、新颖性原则。陈旧的、过时的、不相关的，包括网络上的一些不准确的信息，都需要去鉴别。

2.使用参考资料需注意的问题

一是收集相关文献是为了研究。认真阅读，反复阅读，充分熟悉文献的背景、方法、结果、目标、路线、手段等内容，才会有利于开展研究。

二是切忌华而不实，有人说，往往谁最有思想，谁手中的文献最破、最旧、最烂。

三是时常“居安思危”，唯恐漏掉一篇论文，否则会使自己的研究浪费很多时间。

四是多关注反映当前研究水平的材料，采用科学语言。科学语言就是符号、公式、概念、定义、规律、定理、表格、曲线、照片等，少用简明扼要的报纸式的语言。就像我们讲课一样，课堂上需要把书面语言变为口头语言，那样才能生动、形象，使课堂气氛活跃。但如果把课堂语言纳入到学术文章中就显得不严肃、不规范。

五是多用权威性的文献、经典的文献、最近几年的文献、被引用多的文献，少用教材，少用随意和无意中得到的或没有经过筛选的文献。

六是少用、不用“第二手文献”，而是用自己经常参考的、手边放不下的文献。

七是养成一种习惯，就是随时带着思想，做“有心人”。一遇到有价值的资料，就立刻记下来。即使已经完成了研究工作，撰写完论文草稿，也不要忘记一件事：到图书馆查一查最新文献。

3.文献综述

确定选题后就需要把你能够找到的、同这个问题有关的全部资料收集起来。如果是论证课题或出版专著就需要写出综述。“综”是要求对文献资料进行综合分析、归纳整理，使材料更精练明确，更有逻辑层次；“述”就是要求对综合整理后的文献进行比较专门的、全面的、深入的、系统的论述。综述，就是综合评述，不是叙述。

文献综述是作者对某一方面问题的历史背景、前人工作、争论焦点、研究现状和发展前景等内容进行评论的科学性论述。它往往能反映出有关问题的新动态、新趋势、新水平、新原理和新技术等。文献综述的主要对象应该是近年的，特别是近一、两年的。文献综述的根本任务之一，是搞清楚最有发展价值的研究工作和方向。如果是申报课题，文献综述中要介绍自己学科组的先期工作。有了这些，工作才算有基础；有了这些，才能使学科组的工作得以继承和发展。参考文献并不是越多越好，需要有代表性的，并且与要研究的内容相近，不搭边的不要涉猎。

综述的目的是找到自己进一步研究的切入点。而能否找准切入点，关键是能否对已有研究成果作出客观公正的评价。既不能把别人的成果说成自己的，也不能泛泛而论，而是要找到已有成果的薄弱环节，以此作为自己深化对该问题研究的切入点，这样才有进一步研究的空间和意义。

文献综述有三要素：一是时空范围；二是反映相关文献的内容；三是信息分析的产物。其要求是：内容要综合，语言要概括，信息要浓缩，评述要客观。要做到这些，就需要不断磨练。

在阅读文献时，要写好"读书笔记"、"读书心得"和做好"文献摘录卡片"。用自己的语言写下阅读时得到的启示、体会和想法，将文献的精髓摘录下来，不仅能为撰写综述提供有用的资料，而且对于训练自己的表达能力、阅读水平都有好处，特别是将文献整理成文献摘录卡片，对撰写综述极为有利。

文献综述有大综述和小综述之分。大综述即围绕某一问题或专题，广泛搜集相关的文献资料，对其内容进行分析、整理和综合，并以精炼、概括的语言对有关的理论、观点、数据、方法、发展概况等作综合、客观的描述。小综述的主要目的不是向其他人介绍前沿知识，而是为了推出自己的论述和模型，是以述带论，就是说明现有的研究状况如何，缺在哪里，准备做的贡献是什么。在这里需要注意的是用语问题，不要太拔高自己的贡献，不要说要填补什么空白等等，一般是用试图作什么探讨、提出什么看法之类的用语。所以，这种综述并不强求非常全面细致,而应该侧重介绍与自己的研究直接相关的文献。

三、科研选题的论证

科研选题的论证是指对所选课题及其研究的初步设想进行评价性研究的过程,基本论证结构或步骤包括:

1. 课题名称表述

揭示课题的论点,形成课题目标。课题名称必须简洁、具体、明确,例如:我承担的2007年度立项的国家社会科学基金项目——《全球化视域下社会主义与资本主义两制关系发展规律研究》在论证书开头明确指出:

> 该课题是根据国家社会科学基金课题指南——“马克思主义·科学社会主义”中“世界社会主义与当代资本主义研究”而设计,其基本思路是以全球化进程的影响为研究视角,从梳理科学社会主义创始人及其继承、捍卫和发展者关于“两制关系”的基本思想理论入手,在纵向考察全球化条件下社会主义与当代资本主义新变化的基础上,通过分析总结社会主义与资本主义相互关系的经验、教训,探索现实社会主义国家处理“两制关系”的战略与策略,旨在形成一些关于全球化条件下正确认识和处理社会主义与资本主义关系的规律性认识。

再如:我承担的2012年立项的国家社会科学基金项目——《冷战后世界不同地区“新社会主义”思潮比较研究》,论证书的开头则是先揭示课题名称的含义:

> “新社会主义”思潮是指苏东剧变后在西方一些国家、原苏东和拉美地区相继兴起的一股以“社会主义为价值追求”的理论和实践探索潮流。由于这一思潮源于不同地域、政党和团体的理论观点或政策主张,其内涵指涉不尽一致。本课题旨在通过对冷战后世界不同地区“新社会主义”思潮内涵特征的探讨,在

比较其思想渊源、社会背景、现实基础、理论观点、政策主张及其发展进程异同点的基础上，把握其地域性与民族性的具体特点及其产生、发展的一般规律，从而为厘清各种社会主义思潮与科学社会主义的联系与区别，为坚持好、发展好中国特色社会主义提供理论启示和学术支撑。

两个课题名称相比较，后者比前者更简明、清晰。所以，学习出版社出版《全球化视域下社会主义与资本主义两制关系发展规律研究》时，专家建议把书名改为《全球化视域下的社会主义与资本主义》，并征得国家哲学社会科学规划办的同意后于2013年3月出版。

2.研究目的与意义

揭示问题提出和选题的背景，提出研究价值（学术、社会、文化价值）、研究方向和研究意义（理论、实践意义）。基础研究要突出学术性和知识性，通过理论性或基础性的社会研究，获得有关人类社会的基本知识，发展新知识，增加对统一性的基本认识，旨在扩大构成基础科学的知识库；应用研究要突出实用性和针对性，是针对某些社会实际问题而进行的具体研究，研究本身是为了提供解决这些问题的思路与方法。

仍以上述两个课题为例：《全球化视域下社会主义与资本主义两制关系发展规律研究》，着重从苏联东欧剧变后世界社会主义面临的挑战以及学术领域的探讨或争论分析入手，阐述了加强对该问题研究的理论及现实意义和学术价值：

从学术研究的角度来说，厘清社会主义与资本主义两种制度关系的内涵，揭示全球化进程与资本主义、社会主义发展变化的“因”“果”互动关系，完整系统地总结社会主义与资本主义“两制关系”的经验与教训，全面深刻地揭示社会主义与资本主义“两制关系”的发展规律，在学术研究领域具有开创性的探索意义；从理论发展的角度来说，加强对全球化视域下社会主义与资本主义“两制关系”发展规律的研究，有利于理论研究的深化和系统化,从而可以为马克思主义"两制关系"理论宝库增添新的内容;从实践上来看,加强对该问题的研究,可以在科学把握全球化的性质与发展趋势、充分认识马克思主义关于"两制关系"理论的时代内涵与现实意义、深刻总结社会主义国家在处理"两制关系"问题上的历史经验与教训、准确把握"两制关系"发展规律等问题上,为人们提供科学的方法与思路,从而有助于人们掌握有效处理同资本主义国家关系的战略和策略,以推动社会主义建设事业健康发展,为在世界范围内实现社会主义对资本主义的替代创造条件。

而《冷战后世界不同地区"新社会主义"思潮比较研究》,则是从评述苏联东欧剧变后世界社会主义发展现状入手,阐述了加强对该问题研究的意义。

苏联东欧剧变后,世界社会主义运动遭受了严重挫折,社会主义"失败论"在世界范围内一度盛行。而随着全球化进程的加剧,全球性问题以及各类矛盾凸显,特别是资本主义金融危机爆发并蔓延,世界范围内从探索资本主义全球化替代模式的时代特点出发而兴起的"新社会主义"思潮无疑具有鲜明的时代特色。加强对该问题的研究,对正确认识国际形势,科学把握社会主义实现途径和实践形式的民族化、时代化具有重要的理论意义。从学术研究的角度看,开展对世界"新社会主义"思潮的比较研究,有助于推动该问题研究趋向综合化和系统化,有助于人们用全球视野看待各种思潮,用世界眼光发展马克思主义的科学社会主义,进而提高该问题研究的学术含量;从实践的角度分析,加强对世界"新社会主义"思潮的比较研究,厘清各种社会主义思潮与科学社会主义的联系与区别,有助于人们澄清对各种社会主义思潮的模糊认识,从而坚定建设中国特色社会主义的理想信念,在改革开放中进一步从规律层面正确认识与准确把握中国特色社会主义的基本理论和基本实践问题。

两者的共同特点是对选题背景、研究意义和应用价值作了明确阐述，不同的是在研究方向和研究视角上有所差异。由于两者都属于基础理论研究，对其学术价值比较关注，这是我们搞社会科学研究都应该注重的问题。

3. 国内外研究现状综述

文献综述是对某一学科、专业或专题的大量文献进行整理筛选、分析研究和综合提炼而成的，反映当前某分支学科、某研究领域或某研究问题的历史现状、最新进展、学术见解，以及有关研究问题的新动态、新趋势、新水平、新原理和新技术等。它要求分析和描述前人已经做了哪些工作、进展到何种程度，并对国内外相关研究的动态、前沿性问题作出较详细的综述，并提供参考文献。国内外研究现状综述要准确概括存在的问题、提出解决问题的思路和方法。尤其是对流行观点的表述要慎重，对他人研究成果的评价要客观公正，明确表达前期工作形成的学术思想或学术观点，切忌在批判别人成果的基础上突出自己的研究。例如：我承担的国家社会科学基金项目——《冷战后世界不同地区"新社会主义"思潮比较研究》的综述，就比国家社会科学基金项目——《全球化视域下社会主义与资本主义两制关系发展规律研究》的综述复杂些，因为前者的研究内容涉及范围大、跨越地域广、研究者身份复杂。当时的课题论证着重从国内国外两个层面作了如下综述：

> 国内学术界与本课题相关的研究主要集中在三个方面：一是关于西方左翼人士倡导的"新社会主义"观的研究，代表性的成果有俞可平的《略论90年代的新社会主义观》、姜辉的《国外独立左翼人士的"新社会主义"观》、孟宪平的《当代西方独立左翼的新社会主义观及评价》和秦秋的《简析西方社会的"新社会主义"观》等。这些研究成果对西方左翼人士"新社会主义"观作了较为全面的介绍。二是关于原苏东地区"新社会主义"思潮的研究，代表性的成果有刘淑春等著的《当代俄罗斯政党》、张月明和姜琦的《政坛10年风云——俄罗斯与东欧国家政党研究》、金

雁的《十年来的东欧社会主义思潮》和《东欧的“新社会主义”与另类左派运动》，孔寒冰的《原苏东地区社会主义运动现状研究》、郭雅杰的《当代俄罗斯的“新社会主义”思潮》、李兴耕的《公正俄罗斯党的“21世纪新社会主义”》、李瑞琴的《近年来俄罗斯社会主义思潮撷辑》等。这些研究成果多是从政党政治和社会转型的角度探讨了该地区“新社会主义”思潮的概念和理论主张等。三是关于拉美地区“新社会主义”思潮的研究，代表性的成果有徐世澄的《当代拉美政治思潮的基础、影响及其实施前景》和《拉丁美洲的几种社会主义理论和思潮》、陶文昭的《查韦斯的新社会主义》、李锦华的《委内瑞拉查韦斯“21世纪社会主义”理论》、袁东震的《拉美社会主义思潮的发展及其趋势》、王鹏的《当前拉美社会主义思想和运动新动向》等。这些研究成果着重阐述了拉美地区“新社会主义”运动兴起的时代背景和政策措施，强调它既不同于科学社会主义，也不同于古巴社会主义，尚未形成系统理论，其实践带有理想化和强人政治色彩等。

国外相关的研究主要涉及对“新社会主义”概念的不同解读以及“新社会主义”思潮产生的背景分析，代表性的成果有：[英]克里斯托弗·皮尔森的《共产主义之后的社会主义》、[法]安德列·高兹的《告别工人阶级》、[俄]斯拉文的《被无知侮辱的思想：马克思社会理想的当代解读》、[英]安东尼·克罗斯兰的《社会主义的未来》、[俄]萨马尔斯卡娅的《从工业社会主义到后工业社会主义》、[比]波尔·德·波斯的《委内瑞拉：反帝和走向社会主义》、墨西哥首都自治大学(UAM)教授海因茨·迪特里希的《查韦斯与“21世纪社会主义”》等。国外学者认为，20世纪末“新社会主义”思潮的产生，与西方传统社会主义理论和实践的困境有着密切联系，同时也与新自由主义政策的失败有着直接关系。但他们对“新社会主义”内涵的解读则不尽一致，有的认为新社会主义不是一种制度，而是对资本主义的积极扬弃；有的认为新社会主义“不是一种实现历史设定的目标的社会经济形态，而是向往建立平等、公正的社会制度而产生的思想政治潮流”；有的认为“社会主义的主要价值是克服收入、权利和机会的全面不平等”；波兰著名理论家亚当·沙夫还从现代资本主义结构的变化和传统左翼力量的变化出发，强调必须扩大社会基础，把新社会运动（包括革命的宗教运动、生态运动、妇女运动和反战运动）的活动者包容进来；等等。

总的来看，上述研究成果着重阐述了不同地区“新社会主义”思潮的含义及其表现特征，为我们了解和研究这一思潮提供了重要的学术参考和理论资源。但由于这些研究成果多集中于对某一地区、某个政党或团体的理论观点和政策主张等方面的介绍和分析，而从总体上对“新社会主义”思潮的性质和特点的阐述与把握则缺乏系统性，综合性、比较性的研究还显得不足：一是现有的研究成果多是就某个地区或政党关于“新社会主义”观的阐述，并且是各说各的话，对其相互之间的联系与区别以及“新社会主义”思潮内涵的总体概括和揭示还不够系统化；二是现有的研究成果多属纵向性研究，或侧重于政党或侧重于代表人物有关“新社会主义”观的研究，而对不同地区“新社会主义”思潮产生的社会基础、思想渊源、现实条件、政策主张、依靠力量、价值目标及其发展趋向等方面的横向比较研究尚未展开；三是现有的研究成果多强调了“新社会主义”思潮的非科学社会主义性质，但从理论与实践的结合上对“新社会主义”与科学社会主义、民主社会主义、资本主义及其与全球化进程等相互关系的分析还不够系统化、深刻化。

4. 研究范围与内容

项目研究范围就是研究对象的选择、相关概念的使用要准确、简洁。研究内容就是研究问题的子问题即研究成果的框架、研究内容设计要合理，完全表现最终研究成果。仍以《冷战后世界不同地区“新社会主义”思潮比较研究》课题为例，设计了四个方面的研究内容，提出了六个方面的基本观点，具体论证如下：

该课题研究涉及内容十分复杂、范围比较宽泛，具有较强的理论性、政治性、现实性与综合性。基于这一特点，本课题的研究将主要从以下几方面展开。(1)关于“新社会主义”思潮内涵的研究。具体从三个层面进行分析阐述：一是对原苏东、拉美地区不同政党团体以及西方左翼人士关于“新社会主义”的主要观点和政策主张进行全面梳理；二是对国内外研究者关于“新社会主义”概念的不同阐述进行全面评析；三是在以上纵向梳理和横向评析的基础上，从总体上概括阐述“新社会主义”思潮的内涵特征。(2)关于“新社会主义”思潮兴起的历史背景与现实基础研究。着重从三个方面展开：一是从宏观上分析研究“新社会主义”思潮兴起的国际背景，包括对全球化进程及其特点与影响的分析、苏东剧变的反思、欧洲“第三条道路”的影响、世界资本主义发展新变化以及金融危机的影响分析及其各种社会思潮发展演变的考察等；二是从微观上分别阐释西方左翼人士所倡导的“新社会主义”观以及原苏东、拉美地区“新社会主义”思潮兴起的历史背景及其原因；三是从探讨不同地区“新社会主义”思潮兴起的时代特点和具体原因的角度揭示“新社会主义”思潮兴起与发展的基本轨迹。(3)关于世界不同地区“新社会主义”思潮异同点的比较。着重运用纵横比较的方法从思想渊源、价值目标、政策主张、依靠力量、现实基础及其发展趋向等方面对世界不同地区“新社会主义”思潮的共同点与不同点进行分析研究，在阐述其相互联系与区别的基础上，揭示其共同发展规律。(4)关于“新社会主义”思潮兴起与发展启示研究。着重从世界不同地区“新社会主义”思潮兴起的历史环境与现实影响、相同点与不同点、发展态势与趋势等角度，在阐述其适应时代发展、回应现实挑战、创新理论与实践探索的同时，厘清其与科学社会主义、民主社会主义、资本主义及其与全球化进程的相互关系，从规律层面揭示其本质与影响。

按照上述研究内容，本课题预计可形成如下几方面的观点认识：(1)“新社会主义”思潮的兴起，既是当今世界不同地区、不同国家社会变革的产物，也是适应人类社会发展和时代主题转换的创新性探索。(2)“新社会主义”思潮既具有民族性和地域性的特征，也具有时代性和国际性影响。无论是西方左翼人士所提出的有关“社会主义仍然是一种制度或体制、是一种改革或超越资本主义的历史过程、是对人类基本生活权利的捍卫和保护”的观点；还是公正俄罗斯党所倡导的“既不同于苏联模式社会主义、也不同于欧洲社会民主主义”，而是“第三社会主义”的思想主张；还是拉美地区以查韦斯为代表提出并实施的以“民权、民生和反霸”为核心内容的“21世纪社会主义”运动，在时间、空间维度上都为世界社会主义运动的发展营造了思想文化氛围。(3)“新社会主义”思潮的代表者和推动者以社会主义为价值目标，以否定和“替代”资本主义为己任，关注问题视野广阔，思考主题热点前沿，许多具体建议和思路发人深思，所提出的许多问题也是科学社会主义理论和实践在新的时代条件下力图解答的问题，具有较强的启示作用和重要的参考价值。(4)“新社会主义”思潮有关社会主义理论、运动、价值和制度的不同角度的诠释和界定，存在着片面理解社会主义某个侧面，淡化其有机统一关系的方面。从发展趋势上看，这就有可能使社会主义或流于抽象的价值说教，失去根基；或使社会主义陷入改良泥沼，削弱其变革和推动社会的效力；或模糊社会主义与资本主义质的区别，从而使斗争和运动失去制度性目标，最终化为乌有。(5)“新社会主义”思潮普遍主张的指导思想的多元化、实现途径的多样化、社会基础的广泛化、斗争方式的合法化、价值追求的公正化等共性特征表明其在本质上更倾向于民主社会主义，与科学社会主义的理论与实践有着本质的区别；而不同地区的“新社会主义”在具体政治、经济、文化制度设计方面个性差异的存在则体现了社会主义发展多样性的规律和特点。(6)“新社会主义”思潮在世界不同地区兴起与发展的进程表明，实现社会主义、建设社会主义必须要有马克思主义政党的领导。目前“新社会主义”思潮还处于或是一种“没有思想的运动”、或是一种“没有运动的思想”状态。可以说,导致这种状况的原因很多,但根本的问题是缺乏一个马克思主义政党的领导。从世界社会主义运动发展历程来看,马克思主义政党的正确领导是社会主义事业取得胜利的根本保证。

5. 研究思路与方法

研究思路就是研究的步骤和总体设想,在研究方法设计上,提倡运用现代科技手段和自然科学的研究方法,提倡定性研究与定量研究相结合、理论研究与实证研究相结合,实现研究方法的科学性、规范性和严谨性。研究方法的设计要以实现研究目标、完成研究任务为目的。不同类型的课题还需采取不同形式的研究方法,如采用实验法进行研究的,要制定具体的实验计划;采用调查法进行研究的,要制定具体的调查方案、设计调查表格等。研究方法和技术路径设计不是越多越好,应与本研究有密切的关系或能产生直接效果,避免时髦化、随意罗列。以《冷战后世界不同地区“新社会主义”思潮比较研究》课题为例,其研究思路与方法论证是这样阐述的:

本课题研究的基本思路是,以梳理与阐述“新社会主义”思潮的科学内涵为切入点,在深入探讨其兴起与发展的历史背景和现实条件的基础上,通过对世界不同地区“新社会主义”思潮的思想渊源、价值目标、政策主张、依靠力量、现实基础及其发展趋向等内容的横向比较,在揭示其地域性和民族性的同时,突出揭示社会主义思潮因政治、经济、社会生态的深刻变化而呈现出来的当代化和现代化发展趋势,从而形成一些关于社会主义的本质特征、价值指向、实践形式以及社会主义对待资本主义和全球性问题的立场、态度和方法的规律性认识,以推动对马克思主义科学社会主义理论认识上的深化和实践探索上的创新。为了实现这一目的,将采用如下研究方法:(1)历史研究法。社会思潮是社会存在的产物，是一定时期内反映一定阶级、阶层的要求，得到广泛传播并对社会生活产生一定影响和作用的思想倾向、思想潮流。冷战后不同地区“新社会主义”思潮的兴起与发展无疑是时代变迁的产物。正确认识和科学把握这一思潮的本质特点，必须与特定的历史条件相联系，依据大量历史事实和史料的分析辨别，从历史的因果关系中，把握其现状，认识其本质，揭示其发展规律。(2)纵横比较法。纵向角度，就是着重对世界不同地区“新社会主义”思潮兴起与发展的历史背景与具体原因进行比较；横向角度，主要是通过对西方国家以及原苏东、拉美地区“新社会主义”思潮在思想渊源、价值目标、政策主张、依靠力量、现实基础、发展趋向等方面的比较，以揭示其一般发展规律和特点。(3)类别性研究与地域性研究相结合法。冷战后，世界范围内相继兴起了各种形形色色的社会主义思潮，通过类别性研究与地域性研究相结合的方法，揭示它们之间的联系与区别，从而科学把握“新社会主义”思潮的特点与发展趋势。此外，在研究过程中还要坚持“应然”与“实然”相统一、价值判断与事实判断有机统一的研究法，以求分析问题“深”一点，揭示问题“实”一点。

6.研究重点与难点

研究重点是研究问题中的主要问题和主要内容；研究难点就是解决问题的方案，即理论构建、模式构建、解决问题的策略、对策，包括本研究的创新之处。例如：《冷战后世界不同地区“新社会主义”思潮比较研究》课题论证阐述的重点难点及创新之处在于：

该课题研究的重点是对世界不同地区“新社会主义”思潮在概念内涵的阐释上从具体到一般的抽象提炼与理论升华；其难点是对世界不同地区“新社会主义”思潮基本特征进行纵横比较，特别是在比较内容的选择和比较方法的运用上难度很大，需要下大力气攻克难关。也就是说，将诞生于不同社会、经济、文化和政治背景下的"新社会主义"思潮置于世界大舞台这个同一历史时代条件下考量,在把握其地域性和民族性特征的同时,揭示其时代性的共同特征和发展规律,是本课题着力破解的难题。

该课题的创新之处在于:(1)在研究视角与总体思路上,本课题力图突破有关"新社会主义"思潮地域性研究的局限,拓展其综合性和整体性研究,以期使研究的问题和得出的结论"更深、更新、更实"。(2)在研究方法上,本课题力图突破基础理论研究一般性逻辑推理的局限,运用纵横比较、价值判断与事实判断、应然与实然相结合等方法,通过对世界不同地区"新社会主义"思潮的比较研究,在全面认识和准确把握不同社会历史条件下兴起的"新社会主义"思潮异同点的基础上,探讨其一般发展规律。(3)在研究目的上,本课题通过对诞生于世界不同地区社会、经济、文化和政治背景下的"新社会主义"思潮关于社会主义价值目标、指导思想、实现途径、依靠力量等方面探索的考察与分析,在揭示其共同的本质特征基础上,形成一些关于推动马克思主义科学社会主义理论与实践创新的规律性认识。

7.研究团队与分工

要根据研究目标和任务,组建结构合理的研究团队(包括知识、年龄、职称、学历结构),课题组成员的多少要根据研究任务、课题大小而定,不是越多越好。团队内部要建立"分工明确、团结协作、特长互补、任务共担、利益共享"的管理机制,以调动所有人员的积极性和创造性。

在这里需要强调的是,研究团队一定要搭配合理,实事求是,落到实处。现在有些课题论证在团队的组建上不是考虑研究人员的特长和研究能力,而是考虑团队成员对科研成果的需要,或者是为了课题能否立项随意搭配成员。所有这些现象既不严谨,也不负责任,对此需要引以为戒。根据我的体会,科学研究既需要一定的研究基础,又具有连续性和拓展性,研究人员在研究方向上应该基本一致,研究能力和特长上应具有互补性。多年来我主持完成了多项省级和国家级科研项目，主要研究成员基本没有改变，并且一致团结合作，特长互补，利益共享。

8. 研究基础与条件

研究基础与条件包括负责人和课题组成员结构、研究基础、前期研究成果、研究优势、图书资料、实验设备等。前期研究成果比较关键，能反映负责人和课题组成员研究的领域和方向、与本课题研究的关系，体现能否完成本课题研究工作。枚举前期已完成的重要项目、专著、论文等 5～10 项代表性成果为宜，并与本研究密切相关，避免前期项目、成果的简单罗列和拼凑。

9. 研究进度与计划

根据研究目标分解研究任务，明确研究步骤与进度，否则会造成研究拖沓，极易落空。此外，步骤与进度充分体现创造性的整、分、合的劳动，是确保研究顺利进行的重要保证。

10. 研究成果与应用

成果形式要依据研究内容的特性、研究任务的规模、研究成果的使用去向、研究团队的能力及时间要素等方面去设计，防止过大过多或过小过少，预期研究成果设计要符合研究内容。成果可以是专著、研究报告、实验报告、研究论文或发明创造实物等，此外成果的去向、作用也应明确。

四、课题研究写作步骤

1. 框架设计

在全面阅读、分析、研究有关文献，充分占有资料的基础上，考虑如何将已经系统化的资料有机地组织起来。有了这些收集起来的数据，就可以作出某种初步的概括，以便尽可能简明地对它们加以说明，亦即用某种简明扼要的语言或者某种数学关系式来加以概括。这也就是假设或假说。需要从不同视角和层次去研究，围绕研究主题递阶演绎出多层次的假设，构成假设树，下一层次的假设支持和细化上一层次的假设。主题反映论文的价值，而多层次的假设构成论文研究内容的实体。主题表述相对下层次的假设要抽象些,层次愈低的假设其操作性愈强,愈能成为直接通过观测验证的假设,愈有可能取得新发现。

2. 提纲拟定

提纲,即根据选题的假设,按照一定的逻辑关系逐级展开的、由序号和文字组成的有层次的大小标题。提纲设计层次要清晰,内容要完整,前后要呼应。有人称之为“假设树”或“逻辑树”。

假设树构成所研究主题的理论框架,它是一把智力钥匙,有利于作者提高信息收集的质量和效率,对题材捕捉更敏感和准确,文献综合得以真正做到为我所用。有了假设树,论文工作就有了明确的进度,可按假设树的结构,从底层着手,自下而上进行论证,同时又从最高层主题着眼,始终把握所论证的底层假设在核心中的作用和地位。

3. 初稿撰写

根据提纲的逻辑顺序,逐个问题、逐个层次地加以论述,说明问题,运用分析与综合的方法,表明观点,得出结论。

写作思路要清晰,环环紧扣,层次分明,语言不要过于激动和慷慨激昂,要用比较平和的学术语言,最好是用本学科公认的学术语言,不要过于借助别的学科语言;文风朴实,写作规范,体例严谨。

4. 修改与定稿

内容修改和形式修改。文章或课题草稿写完后一定要修改,就像房子需要装修一样,大家都知道毛坯房与精装房的区别和价值的不同,文章或课题也是一样,需要反复修改才能出手。我指导的研究生中有一个学生基础比较差,硕士论文的开题报告语言非常生硬,老师们给他提了很多修改意见,他也比较认真,提供的参考书他也做了认真研读,最后的毕业论文修改了 9 篇才打印成稿,答辩顺利通过。这件事情从一个侧面说明了文章修改的重要性和“认真”二字的价值。

5. 参考文献

参考文献虽然放在文末,但却是文献综述的重要组成部分。因为它不仅表示对被引用文献作者的尊重及引用文献的依据，而且为读者深入探讨有关问题提供了文献查找线索。因此，应认真对待。参考文献的编排应条目清楚，查找方便，内容准确无误。参考文献的列入只限于作者亲自阅读过并在论文中引用过、而且是正式发表的出版物或专利文献。研究中直接引用、使用他人的研究成果，包括观点、结论、数据、公式、表格、图件、程序等，必须注明原始文献出处，被引用的部分不能构成引用人作品的主要部分或者实质部分。参照而未引用他人成果，或受他人成果的启发而未直接使用他人成果，应作出说明并列出参考文献。

总起来说，上述几方面的内容，是从一般意义上来谈的研究思路和方法。在真正的科研实践中，成功的科研工作者并不完全是这样按部就班地开展工作的。比如像直觉、洞察力甚至运气这些因素，在研究过程中常常会起关键性作用。有不少科学家仅仅根据很不充分的数据和很少一点实验结果（有时甚至一点实验结果也没有），便突然灵机一动，得出了有用的、合乎事实的论断。这样的论断，如果按部就班地通过上述研究方法进行，就可能要用若干年的时间才能得到。例如：凯库勒就是在邮车上打瞌睡的时候，突然领悟到苯的化学结构的；洛维则在半夜醒来的时候，突然得到了关于神经刺激的化学传导问题的答案；格拉泽则是在无聊地凝视着一杯啤酒时得到了气泡室的想法。

当然这并不是说，一切都是凭好运气得来的。只有那些具有最好领悟力的人才会碰上“好运气”。换句话说，有些人之所以会碰上这样的“好运气”，只是因为他们具有十分敏锐的直觉，而这种敏锐的直觉则是依靠他们丰富的经验、深刻的理解力和平时爱动脑筋换来的。当然，直觉、洞察力甚至运气的根基在于多看、多思、多练。通过阅读培养习惯，陶冶情操，修炼品德；在一天天、一点点的阅读中，积淀学养，提升素质，练就真功，升华境界。阅读像一根火柴，会点燃研究创新的激情和冲动，并不断给予你前行的能量。美国当代管理学家托马斯·卡林经过研究表明：“在任何一个领域里，只要持续不断地花六个月的时间进行阅读、学习和研究，就可以使一个人具备高于这一领域的平均水平的知识。”思考是一种潜沉的运思，是一种高级的智力劳动。教育家说：人的视力有两种功能：一种是向外去，无限宽广地拓展世界；另一种是向内来，无限深刻地去发现内心。勤思多练才能拓宽研究视野，发掘内心感悟，迸发出智慧的火花，创造出新的成果。前苏联著名教育实践家和教育理论家苏霍姆林斯基说：“如果你想让教师的劳动能够给教师带来乐趣，使天天上课不至于变成一种单调乏味的义务，那你就应当引导每一位教师走上从事研究这条幸福的道路上来。”

祝愿大家既有好运气，又有扎实的科研功底，研究着，快乐着，不断取得新的科研成果！

激情燃烧的冷思考

过去常说"十年树木,百年树人",十年在历史的长河中仅是一瞬间,但在人生的旅途中则是不短的时间,特别是40～50岁之间,可以说是人生的黄金岁月。我的黄金岁月则在不知不觉的忙碌中溜走了。人过半百之际,也许是由于自己的执着和勤奋,也许是历史的眷顾,有幸被评为二级教授,达到了一个新的目标。按照相关规定,二级教授原则上不再兼任行政职务。学校下文免去了我的科研处处长职务,同时宣布成立马克思主义研究中心,任命我担任研究中心主任(无行政级别),专心从事教学科研工作。

然而,正当我踌躇满志、准备把教学科研的激情再燃烧一把的时候,却遭遇了一些从未有的尴尬。尴尬之一:聘为二级教授、卸任科研处处长之后,第一次参加全省思想政治理论研究学术会议,多数学校是宣传部长、科研处长、思想政治理论课负责人参加。很多人问我:"你既不是科研处长也不是宣传部长来参加什么会呀?"我被问得张口结舌,随即返回了学校。此事对我影响很大,很长时间没有心思参加各种会议。尴尬之二:聘为二级教授、卸任科研处长之后,学校很多人的脸色发生了变化,协作办事困难了。尴尬之三:长期以来的科研团队涣散了,已有的"传、帮、带"机制难以运行。尴尬之四:人们宣传的二级教授享受副省级待遇,实际上根本不沾边。甚至与那些原来同级别改为"非领导"职务的行政人员的待遇相比也存在差距。

种种尴尬导致苦闷和烦恼丛生。恰在这时,惊闻南京师范大学邓红梅教授英年早逝的噩耗,由于难以相信这是事实,就立即上网查询,看到了一些她的老师和学生悼念她的文章,我禁不住泪流满面,情绪更加低沉。真是天妒英才啊！她那么年轻(才45岁)，那么有才华，那么开朗，怎么就离世了呢？我跟她虽不熟悉，只是早年在山东省职称评审会上见过面，有过交流，但她的温润、知性、靓丽、聪慧，给我留下了深刻印象。她37岁就当上了博士生导师，学术研究涉猎中国词史、唐宋诗歌、中国古代女性文学、中国传统文化等多方面，成果颇丰。她为什么这样决绝？是高处不胜寒，还是她看腻了春花秋月，看冷了世态万象，看破了滚滚红尘？逝者已逝，愿她天堂路上走好！

邓红梅教授的过世使我很吃惊，很痛心。我没有她那样的才华和智慧，也没有她那样的坚毅和胆略，但我很理解她的选择。人生短暂，善待自己，才能摆脱苦难。苦恼中我重读了余秋雨的《我等不到了》和阎真的《沧浪之水》，心情慢慢平静下来。在领悟人生只有昨天、今天和明天"三天"的含义时似乎有了新的认识。昨天或许辉煌，或许灰暗，但昨天毕竟已成过去。昨天的成就，昨天的颓废，不应阻挡今天前进的脚步。正如威廉·巴克莱说的："一个人如果只知道生活在过去，而失去了对未来的希望，那么，他的生命已经开始终结。"而对于明天，我们总会有太多美好的憧憬，但明天毕竟还没有到来。对于我们，首先要做的并不是去观望遥远的将来，而是去做手边的事，去度过愉快充实的今天，因为唯有今天，才是现实。面对今天，正视现实，难免会遭遇挫折。遇到挫折时，一味地抱怨解决不了任何问题，只会使自己陷入到更深的低谷。因为世界上原本就没有绝对的公平。与其抱怨，沉浸在痛苦中不可自拔，不如打起精神来，去充实自己。只有今天振作了，明天才会成功；只有春天播种了，秋天才会有收获。无论人生如何崎岖，不管道路多么坎坷，漫漫行程中，只要和乐观相伴，与执着为伍，顽强坚毅，生活才会对你微笑，人生才会阳光灿烂。过去的自己正是靠执着和坚毅走过来的。冷静下来后反而感觉自己有些可笑，大好时光哪能消磨在这种无谓的烦恼之中！检点自我，需要再次起航，奋起直追。

检点自我，心理上的矛盾和惆怅既有客观原因，也有主观因素。从客观上来说，很大程度是深受高校管理体制过于行政化之害。喊了多年的去行政化，实则雷声大，雨点小。越喊越累，越喊高校管理体制越被行政化了。官本位的体制往往会使人的发展畸形化：一是形式与内容错位；二是心理与行为失衡。形式上看，在高校各种管理文件中虽然都把教学科研放在核心地位，强调一切政策要向一线教师倾斜，但实际上则缺乏制度上的保证，反而各种奖罚办法对教师的要求过于苛刻，最突出的是高校教师与行政管理人员的津贴不对称。很多学校考核教师的各项指标基本上都是硬杠杠（包括课时量、发表文章的数量和级别、获奖成果的等级、承担课题的档次等），而考核行政管理人员的指标多是虚条条（基本上是爱岗敬业、工作认真、遵纪守法、按时完成工作计划等）。其直接后果，不仅使那些被称为"工蜂"的青年教师倍感困惑与迷茫，而且也使中老年教师不堪重负，更重要的是使一些本来就缺乏教学科研潜力（或不适应教学科研）而从事行政管理的人洋洋得意，而一些本来很有学术选诣的青年博士却为了所谓的能够出人头地而选择弃学从政，或选择所谓的"双肩挑"。这样一来，不仅影响了高校的教学质量和人才培养水平的提高，而且从长远看也扼杀了大学精神，背离了教书育人的宗旨。当然，这种情况既不是个别现象也不是一个人就能够改变的，需要从上到下的改革来扭转局势，但改革需要一个过程。在这个过程中，个人的矛盾、纠结、苦恼都无济于事，根本的出路依然是深化改革，找准改革的切入点和改革的支点，核心应该是要照顾到大多数人的利益，即实现经济学上的"帕累托改进"。而官本位体制下形成的人的行为和心理则往往是"一人得道，鸡犬升天"抑或是"人走茶凉"。从主观上来说，从教三十多年，我秉承教育家陶行知先生"千教万教，教人求真；千学万学，学做真人"的教诲，真诚待人，诚实做事。一个"真"字奠定了自己的人品，一个"实"字成就了自己的教育科研。但也有好心人说，这个"真"字在我身上过于"认真"，这个"实"字在我身上过于"实诚"，致使在以往的工作或与人相处中由于过于"认真"和"实诚"使一些人丢了"面子"，伤了"自尊"。在这个官本位的体制下，当你不再是"处长""院长"时，有些人给你脸色看，或冷嘲热讽，或设置障碍，一切似乎都合乎逻辑。“沧浪之水清兮，可以濯我缨；沧浪之水浊兮，可以濯我足。”在官本位的社会体制下，任何个人只能跟随大众的脚印，不可能有自己独立的人格与尊严，教育领域也不例外。好心人的一席话，使我豁然顿悟！如此这般的人情世故，也就没有什么值得遗憾了，由此引起的是激情燃烧的冷思考。思考可以使人深邃，思考可以使教师带着独有的魅力，走出孤独寂寞。

这种冷思考，从主观上来说，就是要把自己的愿望和工作激情融合到现实条件许可范围内，一方面是对事对人豁达大度，容天容地，于人无所不容；另一方面是抱朴守拙，卧薪尝胆。从客观上来说，社会的发展总是从低级向高级进化的，一切歪风邪气终究是要被涤荡和驱除的，一切不规范的管理体制终究也是要走向规范化、科学化的。当今中央出台的“八项规定”以及全国上下开展的以反“四风”为核心内容的群众路线教育实践活动，无疑是对流行甚广的“形式主义、官僚主义、享乐主义和奢靡之风”的一次打击和清理，也是党员干部思想上的一次自我净化、自我完善、自我革新、自我提高。相信随着群众路线教育实践活动的深入，特别是反腐倡廉的真抓实干，以及国家治理体系和治理能力现代化进程的加快，教育领域的深度改革亦不会太晚。

冷静思考，将生活中的点滴往事细细回味，伤心时的泪、开心时的醉都因追求而可贵。“春有百花秋有月，夏有凉风冬有雪。若无闲事挂心头，便是人间好时节。”再回首，那些激情燃烧的岁月，我和同事们、学生们朝夕相处，并肩战斗，一个个难题被踩在脚下，一束束智慧的火花在碰撞中产生，不经意间，学生们的精神面貌在迅速变化，同事们在迅速成长，我的教学科研水平也在不断提升。在那些艰难的探索中，有无数的细节成为我永远的怀念，并将继续支撑我对真善美的坚持、对真理的探究。

向教育科研深处行走

在我国第三十个教师节当天，上午讲了四节课，下午学习了习近平总书记同北京师范大学师生代表座谈时的讲话，晚上回复了考取了硕士研究生的吴涛同学的来信，感觉这个节日过得非常充实。

但有两件事一直萦绕在心头：一是大课间听学生说要收班费给老师们买教师节礼物。身为教师，很是难堪。当时就想制止这种行为，但考虑到自己仅仅是任课教师的身份就先问了一下谁要求这样做的，学生回答说是高年级学生组织的。我简单地谈了不赞成这样做的看法。在我看来，教师节最重要的意义是肯定教师为社会所做的贡献，在全社会形成敬师爱师的氛围。师生之情是崇高的，不能庸俗化。如果说为了表示对老师的尊敬，形式是多样的：一声“老师，辛苦了！”老师就会非常感动；一个敬礼，一张贺卡，老师就会铭刻在心。对老师来说，学生的成人成才是最好的回报。当我谈这些的时候，很多学生在默默点头，但事后好像他们的活动仍然在继续。

二是吴涛同学的来信反映的课程设置以及专业基础课教学存在的问题，更是令人深思。吴涛是我院 2010 级思想政治教育本科班班长，考取了贵州师范大学政治学专业硕士研究生，开学后一周的学习使他深感自己基础知识的薄弱。来信是这样写的：

陈老师：您好！学生已经入学，在贵州师大上课已经一周了。在这一周的学习时间里，感触不少，想与陈老师交流。专业课的学习，基本上都是圆桌的形式讨论交流，每个人都要阐述自己的观点并加以论证，之前您给我们开了几次讨论课，真是受益不少，对我的课堂交流大有助益。还记得您提过邓小平是不是一个理论家的问题,您的回答对学生大有启发,学生在讨论问题的时候,也试着换个角度、换个视域去看问题,提出了几个新颖的想法,很受老师认可。还有咱系里之前组织的读书会,实在是太有帮助了,现在甚至后悔当时没有多读几本书。当然,陈老师,咱们学校的视野还是窄了一些,到了更高的层次才知是井底之蛙。来到这边之后,有些课程完全跟不上,就如刚刚开的社会科学研究方法课,老师讲课涉面之宽,使学生课下补课都不知如何入手。还有就是咱有些专业基础课程过度创新上课方式,虽然给学生打开了视野,但忽略了学生对基础知识的掌握。思维方式的开放在研究的最开始阶段确实是最重要的,这可以使我们提出很多别人根本看不到的问题,但是越往上走,专业基础知识的功底就越重要,而且这个功底上的缺陷短期难以弥补。陈老师,贵州师大这边虽然偏远,但我很感激她,就像感激齐鲁师院一样,在我求学几乎无门的时候调剂接受了我。学生会好好珍惜这个平台,怀着一颗感恩与上进之心,不懈努力!求学之路,还请陈老师多多指导。

吴涛同学的来信无疑诉说了一个求学者对知识的渴望和对以往学习的惋惜。当然,也蕴含着学生对母校和社会的感恩之情。作为老师,首先给吴涛同学回了信,代表所有授课老师为以往没有讲授好的基础课向学生道歉;同时鼓励他注意学习方法,刻苦钻研,争取在较短的时间内把过去的知识欠缺补上,以更广阔的知识视野找准未来的学习研究方向,以期实现突破。邮件发出去后,邮箱首页出现了“即使天黑了,心还是要亮着”的字眼,这更引起了我的思考。因为吴涛同学反映的问题不仅是我们以往的一些专业基础课没有给学生讲好,更重要的是我们现有的水平与兄弟院校相比差距太大,需要奋起直追。如果不改变这种状况,现在的学生和以后的学生都会遇到同样的困惑,老师就会成为学生的罪人。

但两件事的发生和解决都使我有种有劲使不上的感觉。因为这种问题的解决需要组织出面,单纯一个老师的能力显得微不足道。

长期以来“不在其位，不谋其政”的管理通则，使很多人都懂得不在其位而谋其政的僭越之嫌。实际上这两年我也一直在“管”与“不管”之间徘徊。习近平总书记在教师节座谈会上曾明确指出：老师肩负着培养下一代的重要责任。一个优秀的老师，应该是“经师”和“人师”的统一，既要精于“授业”、“解惑”，也要以“传道”为责任和使命。[①] 想到这里，我感觉自己有责任和义务组织老师们进行深化教学改革、提高教学质量问题的探讨，用热情代替麻木，用学习代替得过且过，用思考代替浑浑噩噩，以饱满的热情和坚韧的毅力向教育科研深处行走。

一要向学习深处行走。师者自古就被称为“智者”。“智者”既有智慧又有谋略。智慧型的老师，具备学习、处世、生活、育人的智慧，既授人以鱼，又授人以渔，能够在各个方面给学生以帮助和指导。那么，智慧从哪里来呢？就像人的思想不可能从天上掉下来一样，是从学习、实践、总结中来的。作为传道、授业、解惑的教师，学习应该是自觉的、永久的。老师必须始终处于学习状态，站在知识发展前沿，刻苦钻研、严谨笃学，不断充实、拓展、提高自己。在信息化、网络化日益发达的时代，知识的更新日新月异，信息的传播飞快，教师只有站在时代的前列，充分掌握和运用好新时代的新科学文化知识和专业知识，才能引导学生到日新月异的新时代科学的阵地，闯出自己的一片新天地。没有渊博的知识，没有新鲜的血液，没有掌握现代信息技术和手段，教师就不可能教育好学生。而渊博的知识的获得，崭新理论的掌握，娴熟技能的练就，完全是靠教师自身的不断努力。只有勤奋刻苦地学习科学文化知识、专业理论知识、现代科学技术等教书育人的本领，才能完善自我，达到教书育人之目的。

二要向科研深处探究。孔子曰：“学而不思则罔，思而不学则殆。”学习与思考一直紧密相随。越思考越知不足，越知不足越去学习，越学习越会思考，循环往复，人的探究能力才能不断提升。前苏

---

① 参见习近平：《做党和人民满意的好老师——同北京师范大学师生代表座谈时的讲话》(2014年9月9日)，新华社2014年9月10日。

联著名教育实践家和教育理论家苏霍姆林斯基说:“如果你想让教师的劳动能够给教师带来乐趣,使天天上课不至于变成一种单调乏味的义务,那你就应当引导每一位教师走到从事研究这条幸福的道路上来。”我国著名教育家魏书生也指出:把自己平凡的工作当作宏伟的事业去研究,你就会发现无穷的乐趣。一位成功者,总是清楚哪儿的草更青,哪儿的水更美;总是率领生命向青草更青处漫溯。我虽然不是成功者,但却执着地寻觅孕育灵性与诗意的绿洲。其实,很多时候,途中的风景,也就是向往的世界!

三要提升责任和担当。每一个从业者都需要负责任的态度,但对教师来说,负责任显得尤为重要。因为教师的工作是塑造灵魂、塑造生命、塑造人的工作。也就是说,我们工作对象的人生在我们手里成就。负责任的教师,会在意每一个学生的成长,让每个学生都有所收获,关爱每个学生的心灵,让他们健康成长,并为他们的明天费尽心力。习近平总书记的一句“老师责任心有多大,人生舞台就有多大”的教师节寄语,寓意深长地揭示了教师的责任和使命。当今世界,科技进步日新月异,国际竞争日趋激烈,人才越来越成为推动经济社会发展的战略性资源,教育的基础性、先导性、全局性地位和作用更加突显。“两个一百年”奋斗目标的实现、中华民族伟大复兴中国梦的实现,归根结底靠人才、靠教育。作为教育战线上的一个老兵,既荣幸能生活在这样一个伟大的时代,又深感历史责任的重大。我们必须积极行动起来,努力帮助学生筑梦、追梦、圆梦,为实现中华民族的伟大复兴贡献自己的力量。

首届中国道路欧洲论坛有感

2014 年 10 月 19～27 日，我有幸参加了由中国社会科学院马克思主义研究院与德国德中协会联合在柏林和罗马主办的“首届中国道路欧洲论坛”，国内外学者围绕着中国道路的内涵、特点、影响及其发展趋向等展开了热烈的讨论。有的阐述了中国故事与中国政治发展道路的内涵特点；有的从执政党能力建设视角阐述了中国道路的本质属性与能力支撑；有的提出了从国内和全球角度看中国道路的问题；有的从学术的视角对“中国道路”中的“中国”和“德国道路”中的“德国”作了比较研究；有的从民主建设的角度阐述了中国道路民主的里程碑；有的从大文化的视域把中国道路的内涵概括为“一二三四五”；有的还从儒家文化、宗教信仰的视角对中国道路的影响做了阐述；有的从世界社会主义运动发展的角度阐述了中国道路的世界贡献；特别是一些意大利学者，对“中国道路”表现出了浓厚兴趣，对现实资本主义面临的危机作了深刻批判，对当今美国的霸权主义给予了谴责，对中国的和平发展表示赞赏，并希望中国在国际上发挥重要的作用。

在德国柏林会场，我作了题为《中国道路的必然性与特殊性》的发言，主要从纵横联系的视角对中国道路的特点和意义作了如下阐述：

> 中国道路，是围绕如何实现中华民族复兴、国家富强、人民幸福这一根本目标，在中国进行社会主义革命和建设实践探索的方法途径。其基本内容是，在中国共产党领导下，立足基本国情，以经济建设为中心，坚持四项基本原则，坚持改革开放，解放

和发展社会生产力，建设社会主义市场经济、社会主义民主政治、社会主义先进文化、社会主义和谐社会、社会主义生态文明，促进人的全面发展，逐步实现全体人民共同富裕，建设富强、民主、文明、和谐的社会主义现代化国家。纵向上包括中国革命、建设和改革道路；横向上包括中国特色社会主义道路、中国特色社会主义理论体系和中国特色社会主义制度三种形态。从本质上讲，中国道路是中华民族走向独立、富强、民主、文明的道路，是马克思主义科学社会主义质的规定性与中国国情和世情的有机统一。

其一，从纵向上看，中国道路是经济文化落后的中国从传统社会走向现代社会的战略选择和发展路径，其核心是中国共产党领导中国人民在马克思主义指导下，走向社会主义和建设社会主义的方法路径。一个国家发展道路的选择，是这个国家的社会历史条件、政治经济状况、民族文化传统、外部国际环境以及最广大人民的根本利益追求等共同作用的结果。中国走社会主义道路，是中国近代以来社会发展的必然选择。170 多年前，鸦片战争的爆发中断了中国社会发展的正常顺序，中国被强制性拉入世界体系后逐步沦落成半殖民地半封建社会，这是人类社会发展中的一种特殊情况。这种特殊性决定了像中国这样的国家要实现现代化，必须完成反帝反封建的民族民主革命的必然性。而由于半殖民地半封建的社会特性又决定了中国民族资产阶级的先天不足，担负不起这两大任务，历史的重任特殊地落在了中国工人阶级及其政党的肩上。这一特点又决定了中国革命的前途必然是走向社会主义。

道路选择的历史起点，昭示着道路的未来走向。中国革命的成功是以毛泽东为代表的中国共产党人把马克思列宁主义同中国的实际相结合、走自己的路的结果。但由于中国走向社会主义道路之时，从世界范围看是在资本主义发展中，而从中国来看基本上是在资本主义发展前，这就从根本上决定了为建立合格的社会主义所必需的经济、政治、文化、社会乃至国际方面的资源极度贫乏,这是社会主义在中国发展的一种特殊,而这种特殊性决定了经由新民主主义社会的长期建设,为向社会主义过渡准备必要的条件成为历史发展的必然。但事实上的"急于过渡"和"过渡过急",又成为社会主义制度在中国确立的特殊。这种特殊决定了在中国要建成合格的社会主义,必须要经过上百年的社会主义初级阶段。社会主义初级阶段的基本事实与历史上盲目过渡和超越阶段的错误,使改革成为中国特色社会主义道路的必然选择。但与原苏联东欧国家取消党的领导、放弃社会主义方向的改革不同,中国的改革是在中国共产党领导下的改革,是社会主义制度的自我发展和自我完善,其目的是解放和发展社会生产力,赋予社会主义新的生机与活力。也就是说,中国特色社会主义道路是经由新民主主义和社会主义初级阶段建设的探索,通过改革开放的伟大实践逐步形成的。其本质特点是既坚持科学社会主义基本原则,又根据时代条件赋予其鲜明的中国特色。

其二,从横向上看,中国道路既包括中国特色社会主义的政治制度、经济制度和社会发展模式,也包括中国特色社会主义的价值观念、意识形态和外交政策;既包括过去经验的总结,也包括未来追求的目标。中国道路的途径就是坚持"一个中心、两个基本点"的基本路线,以及在基本路线上延伸出来的社会主义市场经济、民主政治、先进文化、和谐社会和生态文明五大建设。中国道路的理论形态,包括邓小平理论、"三个代表"重要思想和科学发展观,是中国道路的行动指南。中国道路的制度形态,包括中国的根本政治制度、基本政治制度、法律体系、基本经济制度,以及各方面的体制,这是坚持和发展中国道路的根本保证。具体内容包括:坚持党的领导、人民当家做主、依法治国三者有机统一,以实现更广泛、更充分、更健全的人民民主为目标的政治发展道路;深化改革开放,以加快完善社会主义市场经济体制和加快转变经济发展方式为主要内容的经济建设道路；增强文化软实力，以建设社会主义文化强国为目标的文化发展道路；以改善民生和创新社会管理为主要内容的社会建设道路；以实现中华民族永续发展的生态文明建设道路；实现国防和军队现代化，走中国特色军民融合式发展道路；坚持独立自主的和平外交，走和平发展、和谐发展、合作共赢道路。中国道路的前进目标是建立合格的社会主义；其价值指向是把中国建设成为富强、民主、文明、和谐的社会主义现代化国家，实现人的自由而全面的发展。

其三，从具体方式方法来说，中国道路创造了"摸着石头过河"、"两手抓，两手都要硬"、"兼容并蓄"、"求同存异"、"合作共赢"等行之有效的方法原则，从而保障了中国道路取得了举世瞩目的成就。革新性、开放性、发展性是中国道路内涵的一个重要特点，社会主义目标一旦确立就坚定不移地往前发展，遇到困难想办法克服困难，但绝不走回头路，更不走僵化封闭的老路。同时，在改革中坚持物质文明、精神文明、政治文明、社会文明、生态文明整体推进，并善于学习和借鉴世界各国的优秀文明成果，高举和平、合作、发展、共赢旗帜，积极发展对外交流与合作，为维护世界和平与发展贡献力量。

中国道路的显著特点，就是坚持把马克思主义的普遍原理同本国的具体实际相结合，一方面坚持马克思主义的基本原理，走社会主义道路；另一方面坚持从中国的实际出发，不照抄书本，不照搬别国模式，走适合中国特点的道路。这体现的是马克思主义关于矛盾普遍性与特殊性的辩证统一关系。无论是抛开普遍性（科学社会主义基本原理）单纯强调特殊性（中国特色），还是抛开特殊性单纯强调普遍性，都无法科学把握中国道路的本质内涵。中国道路铸就了中国奇迹，也面临新的挑战。其重大意义在于为经济文化落后国家实现现代化提供了重要启示。

第一次参加国际性的学术论坛，不仅发言有些紧张，而且与中欧学者们相比，深感自己学术功底肤浅，内心很不自信，好在自己的观点得到了与会者的认可。同时，也见识了专家们的深邃思想和风采，特别是通过大会的讨论和辩论，收获颇多。

一是通过论坛的发言和讨论反映出的问题，进一步认识到加强对中国道路内涵特征的国际宣传非常必要和迫切。因为，一些国外学者虽然对中国的发展成就很敬佩，也很好奇，但对中国发展道路了解得并不全面、不深刻，对中国特色社会主义理论和制度还存在一些误读和误解。通过大会讨论、辩论和交流，消除误会，加深了解，增进友谊，对中国走向世界、让世界认识一个真实的中国都有着重要意义。

二是通过会议交流也感受到了欧洲学者们的严谨及其对社会主义的向往，他们的敬业精神和理想信念的坚定都值得我们学习。例如：在德国柏林论坛上，一些学者们在对中国道路的研究中提出的一些疑难问题，譬如关于传统文化与现代化、法治与德治、中国道路与中国模式、理论与现实、自由与自律、通达与曲折等概念的内涵及其相互关系的处理等，都值得我们深入研究。再如：在意大利，左翼学者们对社会主义的向往以及他们为之奋斗的精神无不给我们以鼓舞。2014 年 10 月 25 日，我们在去罗马论坛会场的途中，遇上了几十万工人的示威游行。会场外红旗招展，锣鼓喧天，会场内学者们一方面分析意大利工人示威游行的原因，揭露资本主义制度的危机；另一方面探究中国道路为什么行得通。特别是意大利学者，通过对中国和意大利人均收入的比较，阐述了社会主义的优越性以及社会主义代替资本主义的历史必然性；同时还总结了传统社会主义的经验教训，以极大的热情探讨了欧洲国家如何实现社会主义的问题。意大利共产党人党对外关系部部长弗朗西斯克·马林觉(Francesco Maringio)强调指出："社会主义既是国家的，也是世界的。虽然社会主义建设各国的情况不同，面临的具体问题也不一样，包括中国也面临着收入差距拉大、环境污染、官员腐败等，但在发展过程中，社会主义国家则有着许多共同点，如政府在经济方面有很多职能。而欧洲国家的共产党和社会主义流派的影响还比较弱，必须加强新一代理论研究者和共产党人的工作。近年来，在欧洲和美国已有一些民众开始了这方面的工作，包括今天工人组织的罢工游行以及美国的占领华尔街运动。今天研究中国道路，也是我们的好机会，有益于改善我们的运动。”他们计划重新建立意大利共产党，把所有小党结合在一起。强调为了民众的利益，共产党要与几大左翼运动合作，在国际方面也要与其他国家的共产党积极合作。意大利《共产党杂志(*Marx Ventuno*)》的代表也指出：“最近二十五年世界变化非常大，最大的变化是中国在经济、贸易、文化等方面的快速发展，还有一些国家也在走自己的路，包括金砖国家，希望欧洲的工人与这些国家的工人建立联系与合作，相信社会主义未来会更好。一是因为资本主义危机；二是金砖国家树立了好模式，中国的大发展就是一个榜样。相信在欧洲也会建设社会主义国家。所以，要促进意大利共产党与中国共产党的合作。”意大利左翼学者们的思想无疑给我们以重大启示和鼓舞，使我们对世界社会主义的未来更加充满信心。

三是通过会议期间所到之处的体验，进一步增强了对中国道路的自信心和自豪感。其一，经过此次通往欧洲路途的波折体验，我们更加珍惜我们国内现在拥有的交通便利。10月19日，我们从北京飞往法兰克福的飞机由于大雾被迫降在柏林机场，在机舱内等候6个小时后返回法兰克福，又遇上法兰克福交通工人罢工，从法兰克福赶往柏林的火车也拥挤不堪，我们坐在行李箱或地板上，车速比较慢，与我们国家的高铁相比差距明显，初到欧洲就体验了一次路途颠簸，困苦中大家都在感叹我国高铁的发达和便利。其二，初到德国深感喝热水与上厕所的不便，使我们更加珍惜在国内日常生活中享有的福利和便利。在开王柏林的火车上喝水需要花钱，在机场或公共场所如厕需要花钱，在机场使用行李推车也需要花钱，在宾馆住宿没有热水喝，要喝热水需要到总服务台花钱购买，一切似乎都与金钱挂钩。其三，无论在德国还是在意大利，很多当地人看到我们都主动招手和问好，喜欢与我们合影。一方面是欧洲人有教养，讲礼貌；另一方面，与中国的发展以及世界地位的提升密切相关。据中国驻柏林大使馆参赞韩光明博士讲，他二十五年前就曾在德国工作，那时感觉中国与欧洲发达国家相比差距很大，现在回国看看感觉变化太大了，为祖国的快速发展和强大而深感自豪。所有这些体验和见闻，使我们对中国道路的价值与力量的认识不断加深。

当然，德国和意大利都属于发达国家，那里基础设施的完备，人文素养的优良，建筑艺术的辉煌，文化的灿烂，社会管理的先进，以及商品的高质量等等，无疑都是值得我们认真学习和借鉴的。中国道路本身也是开放性的，具有兼容并蓄的特性，需要根据实践的发展不断创新、丰富和完善。我们将以更加开放的姿态和自主的意识学习、研究和吸收世界各国一切文明成果，为实现中华民族伟大复兴的中国梦做出应有贡献。

我看欧洲"新社会主义"思潮*

2012年6月,我申报了国家社科基金项目《冷战后世界不同地区"新社会主义"思潮比较研究》并得以立项。之后就开始组织团队搜集资料,请教专家,探讨研究思路。2013年12月15日召开了专家咨询会,专门研究了写作提纲,之后开始分工撰写研究内容。

两年来,深感驾驭这个课题的艰难,研究进展非常缓慢。一方面是资料的收集和整理由于语言所限难度很大;另一方面是时空所限,致使对不同国家地区"新社会主义"的发展动态难以及时了解和掌握,严重制约着课题研究的进度。2014年10月19~27日,借到德国和意大利参加"首届中国道路欧洲论坛"的机会,聆听了意大利共产党人党秘书长塞萨雷·普罗卡奇尼(Cesare Procaccini)、意大利共产党人党对外关系负责人弗朗西斯克·马林觉(Francesco Maringio')和经济学家帕斯垮雷·齐卡雷斯(Pasquale Cicalese)等一些左翼政治活动家和学者们的发言,并目睹了意大利罗马几十万工人的游行示威,进一步认识到了资本主义制度危机的严重性及欧洲"新社会主义"发展的新环境,从而增强了对欧洲"新社会主义"思潮的探索信心。

欧洲"新社会主义"思潮,可分为广义与狭义两层含义。广义的"新社会主义"包括市场社会主义、生态社会主义、后工业社会主义、新马克思主义、女权主义等;狭义的"新社会主义"思潮,是指苏联东欧剧变以来,欧洲国家那些致力于探索不同于苏联模式社会主义的

---

* 此文系2014年11月2日在福建师范大学举办的"改革与创新——当代世界社会主义的理论与实践"学术研讨会上的发言。

一些新观点、新思想或新策略，包括欧洲左翼党（共产党、工人党和部分社民党）、独立左翼人士、绿色左翼运动和左翼学术组织的“新社会主义”探索。我们这里讨论的主要是后者。说其“新”是相对于苏联模式社会主义来说的，是从冷战后新的时代条件出发，对社会主义进行的新思考和新阐述，建构的是一种非传统的社会主义或共产主义理论框架。根据现有的资料可把其主要观点或主张概括为以下几个方面：

其一，主张吸取苏联模式社会主义的教训，重建新社会主义。欧洲左翼党第一任主席意大利重建共产党全国书记法乌斯托·贝尔蒂诺蒂（Fausto Bertinotti）曾指出，从苏联经历中我们得出的教训是，对斯大林主义的批判不仅是对他个人崇拜或错误的否定，而且还是对一种权力体制的批判，苏联那种中央集权和垂直的组织形式阻碍了人民的参与，是错误的权力理念。历史给我们留下的精神，是继续建设社会主义理想。欧洲著名左翼理论家齐泽克也说：无论是国家社会主义和社会民主主义的福利国家，还是充满希望的乌托邦左翼、横向联合组织、地方社区、直接民主、自我组织，认为它们都没有发挥作用。他强调，现在是重新忠诚于共产主义观念的时候了，并呼吁“必须重新确立一些新东西，以此确保体系正常运转而且保持住原来好的方面——教育、医疗和基本的社会服务”。意大利《共产党杂志》（*Marx Ventuno*）编辑也指出，二十年前柏林墙倒塌时，曾有人断言社会主义从此消失了，但二十年后中国特色社会主义的崛起以及世界范围内其他社会主义国家的社会主义建设和改革成就，使人们对社会主义的未来充满了信心。葡萄牙共产党也强调其未来目标是建设一个社会主义和共产主义的新社会。这个新社会将摆脱剥削、压迫、歧视、不平等，摆脱资本主义的社会苦难，是建立在政治、经济、社会和文化民主以及人民群众广泛积极参与的基础之上，能够保证葡萄牙主权完整以及葡萄牙人民的物质和精神生活增长的新社会。

其二，批判资本主义，倡导通过对资本主义进行“结构性变革”来“超越资本主义”。欧洲左翼人士齐泽克明确指出，新自由主义意识形态不将金融危机归咎于全球资本主义体系本身，而是归咎于它运转的失败，即疏于监管、大金融机构的腐败等。这其实是要人们继续做梦，而我们必须从这个迷梦中尽快醒来，认识到资本主义制度本身就是永久处于危机中的制度，对它进行全面的、整体的否定。法国新反资本主义党主席贝桑瑟诺说："我们党是为反对资本主义、种族主义、女权主义而战斗，反对一切社会歧视。"他强调，要"继续坚持马克思主义精神，但现在的国家及其政府机构是资产阶级的工具，它们是不会为政治和社会的变革服务的，所以它们必须被推翻"。法国共产党也明确提出要汇集所有力量，全力应对危机，重建一个新世界。葡萄牙共产党强调："现在，社会主义比以往任何时候都更代表着对资本主义的必要而可能的选择。"意大利重建共产党更是深刻批判资本主义制度，坚决反对欧洲为应对危机而出台的一系列削减社会福利、损害劳动者利益的措施。他们反对新自由主义的全球化，捍卫与扩展工人和工会的权利，主张改革欧洲的经济发展模式，建立一个团结互助、拥有社会福利、上层帮下层、富人帮穷人的再分配型社会。

其三，强调重新界定社会主义的目标。英国学者安东尼·克罗斯兰就指出，社会主义是作为资本主义的对立统一面而产生和发展的，既然资本主义已不是原来意义上的资本主义，那么，社会主义的目标需要重新界定。即"社会主义的新目标最集中地体现在'社会平等'上"。左翼人士克劳丁认为，社会主义不外乎是一个在更多的自由和社会公正的意义上改变现存社会的实在的运动。社会主义是资本主义失去其经济社会进步作用这一历史进程的合法结果，民主是"21世纪社会主义"的核心内容，民主是任何一种社会主义定义的必要组成部分，无论是从人民权利还是绝大多数人的意义上理解，都是如此。"21世纪社会主义"的实现，需要各个层面的参与和民主决定，任何政治和社会运动提出的各种措施都需要在各个运动层面达成一致，并运用国家的民主机制清除阻碍其实现的障碍。

其四，在实现社会主义的途径和依靠力量上，除希腊共产党仍然主张通过社会主义革命建立无产阶级专政外，其他欧洲左翼政党都主张通过和平、民主的道路走向社会主义，一般不再提无产阶级革命。但这与社会民主主义的改良道路完全不同，它强调以实现社会主义、共产主义为己任，走议会民主道路是一种战略选择。比如法共就认为，法国的革命“只能是和平的、民主的、合法的和逐步的”。这是“实现社会主义最好的路，最短的途径”和“唯一现实主义的道路”，但它“同认为向社会主义的演变是直线的、安静的、平坦的观点，或者同认为在资本主义范畴内可能建立社会主义绿洲的幻想毫无共同之处”。需要指出的是，在苏联东欧剧变之后，欧洲一些左翼政党，包括法国共产党、意大利重建共产党等曾一度弱化党的工人阶级立场，淡化党的阶级意识形态色彩，欲以新的形象吸引民众的支持，结果事与愿违。这种“去阶级化”和“非激进化”取向反而在一定程度上造成了共产党传统选民的流失，在实践中原本属于共产党的大量低层阶级选民转而倒戈投向更具激进特点的极左翼或极右翼政党。近年来，随着工人运动的发展，这些政党进一步认识到了强化党的阶级意识的重要性，开始注重与其他左翼运动的联合，明确为代表工人阶级的权益而奋斗，积极组织工人罢工、游行，以抗议政府自由主义经济政策。

其五，注重国际联合与国际合作。欧洲左翼党成立本身就是选择一条联合的发展道路。并且也只有联合起来，采取共同行动，开展共同斗争，才能不断发展壮大。意大利共产党人党对外关系部部长弗朗西斯克・马林党（Francesco Maringio'）在分析意大利共产党人党的发展前景时强调，一是计划把所有小党联合在一起，二是加强与左翼运动的结合，三是积极推动国际交流与合作。西班牙共产党也强调，建立“21 世纪的社会主义”需要加强国际团结。在西共看来，拉美和亚洲的政治和经济解放进程是一个积极因素，是人民反帝斗争历史上的重要时刻，同时也极大地促进了人类的全球解放。因此，欧洲建立社会主义的斗争必须比以往更加具有国际视野，在平等和互利的基础上与其他各洲的社会主义运动建立一种新型合作关系。在实践上，他们一方面加大社会主义思想宣传力度，在知识阶层扩大马克思主义关于社会主义和资本主义的解释力和感召力；另一方面，广泛联合左翼力量，开展群众性抗议活动，以唤醒民众的阶级意识。

综观欧洲五花八门的左翼政党、左翼组织和左翼人士所宣扬的“新社会主义”，有的以追求“社会平等”为新社会主义的价值目标；有的强调民主是社会主义的核心内容；有的以“自由、平等、公正与团结”为基本价值观，致力于为和平、反法西斯、社会公正、妇女权利与生态保护而战；有的强调要建立一个“团结互助、拥有社会福利、上层帮下层、富人帮穷人的再分配型社会”等。为了实现这些目标，有的注重通过著书立说、发表演讲来揭露资本主义的弊端；有的以组织集会、游行、示威、抗议等形式冲击资本主义秩序；有的呼吁加强国际联合，希望得到国际社会的支持和帮助。

总起来看，欧洲的“新社会主义”还仅仅停留在一种观念和小型运动的水平上，在欧洲的实际影响还比较微弱，与拉美国家的“新社会主义”运动相比也显得微不足道。一方面，从指导思想来看，欧洲“新社会主义”缺乏统一的思想意识形态。英国、意大利、芬兰、挪威、瑞典、希腊、葡萄牙、丹麦等国的共产党坚持以马克思主义的世界观为指导，认为马克思列宁主义作为科学理论被证明是超越时空的，作为分析、认识和革命性地变革社会的工具起着不可替代的作用。一些左翼人士也积极拥护马克思主义的指导，并掀起了一波又一波的马克思主义研究热潮。但也有些共产党组织只提马克思主义或科学社会主义，不再提列宁主义，认为列宁主义的某些基本观点已不适用于他们的国情。即使一些主张回到马克思的左翼政党也倾向于把马克思主义归结为抽象的人道主义，用抽象的自由、民主、博爱、人道等概念取代马克思主义的革命性内容。还有一些左翼组织对马克思主义理解比较片面，有的存在用“马克思的思想”替代“马克思主义”的倾向；有的将丰富的马克思主义理论体系归结为某一具体理论或思想；有的则试图把马克思主义多元化，将马克思主义解释为糅合了西方各种思潮的大杂烩等。法国新反资本主义党通过的党章就规定：“要建立一个在经济、政治、社会各个领域内的民主的、多元化的党。”

这种指导思想的多元化无疑造成了意识形态领域的混乱，难以形成统一明确、有号召力和凝聚力的行动纲领，致使在资本主义危机来临之际，也难以实现实践上的突破。另一方面，从“新社会主义”的实际运动来看，其斗争方式的多样化和实践目标的多样化，制约了实际运动的发展水平。总之，欧洲“新社会主义”的运动依然是在坚持资本主义民主制度的框架下，推进改善社会中下层地位的改革，强调加强国家对经济和社会生活的调控，尤其强调对福利政策的保护，而实现新社会主义的目标、途径和方式还很不具体，有待于继续探索。

后 记

书稿付梓之际，心中实感惴惴：一是觉得这些经历和感悟都带有特定历史的印迹，在不同的环境下其价值意义大不一样，其中涉及的人和事如今可能已物是人非，抑或人是物非。对此，特向那些出现在笔者经历中的人和事表示衷心的感谢，如有不恭之处尚祈多多包涵。二是对过去在一些会议上的发言或讲座中参考和引用的文献资料的出处注释不祥表示真诚的歉意，并对原作者致以崇高敬意。三是回首往事，深感自己的所思所悟实属井蛙观天，如果有可能从头再来，可能会更好些。

在忐忑不安中，好友赵玉华教授给予了极大支持和鼓励，并赋予了书稿一个富有诗意的书名——《学林漫笔》。惭愧的是笔者文学修养较为欠缺，没有诗情画意的语言，唯恐辜负了她一片好意，但内心非常喜欢这个书名，更感激她的鼓励和支持，随即调整了写作思路，对原有的内容作了增减，最终形成"育人篇"、"师德篇"、"管理篇"、"科研篇"四个部分。"育人篇"收集了十篇不同时期关于教育教学的一些思考与感悟，包括对新加坡和台湾地区教育考察所得的启示，有些内容在网络化、信息化迅猛发展的今天，特别是随着"慕课"的兴起，传统的教育教学模式和教师的功能以及学校教育形式都面临新的挑战情况下未免显得过时，但在面对新情况、解决新问题的途程中，以往的经验总结以及发达国家和地区先进的教育理念和教学方法，无疑有着重要的借鉴意义。"师德篇"收集了六篇小短文，基本上是随想和感悟，主要是从思想政治理论课教师的角度阐述了师德是教书育人之魂，立德树人是教师的神圣职责，同时还着重从女性的视角揭示了“仁者爱人，大爱无疆”的价值和意义，强调了无论时代怎样变化，“大学之道，在明明德，在亲民，在止于至善”的道理亘古不变。“管理篇”摘撷了兼职行政管理工作期间的七篇会议发言和工作总结，其中不乏苦干或蛮干的印迹，但也历史地记录了那些激情岁月，颂扬了那些扶持、关心、帮助过自己的领导、同事、朋友和学生们，他们的友善、支持、宽容和仁爱成为我铭刻在心的美好回忆和奋发向上的动力之源。“科研篇”收录了六篇科研札记，既有对科研积极投入的热情，也有尚不深刻的冷思考，更有力图突破科研瓶颈的执着努力，最终仍是“路漫漫其修远兮，吾将上下而求索”。

求索路上更加敬仰那些教育、引导我成长的小学、初中、高中和大学时代的老师们，他们不仅知识渊博，而且品德高尚，在我人生路程的不同阶段给予了辛勤的培育和精心的指导，是我永生的恩师。感谢老师们的栽培和言传身教，感谢党和国家的改革开放政策，使我有机会能够上学深造并成为高校教师，有条件在自己喜欢的岗位上耕耘乐业。同时还要感谢伴我一路同行的丈夫和对我关爱备至的女儿、女婿，他们的理解、支持和默默奉献给了我温暖的生活和强力的支撑，他们的学识和见识既温润了我的性格，也滋养了我的涵养，感谢他们的幸福陪伴。当然，书稿最终付诸出版，还要感谢山东大学出版社的支持，特别是责任策划张晓林老师和责任编辑秦大忠老师，他们在书稿内容的编排以及文字的润色上给予了极大帮助，衷心感谢他们的辛勤付出！

尽管已做了很大努力，但由于水平有限，文字功底薄弱，行文中无论是在语言的表述上还是在材料的使用上，不当之处在所难免，其中的缺点和疏漏，恳请各位专家和读者批评指正。

陈海燕

2015 年 3 月